나는 당신을 편애합니다

청춘문고

차례

2부 편애하는 실화

프롤로그

“부모님은 오빠와 저를 편애해요.” “선생님은 우리 반 1등이랑 저를 편애해요.” 살면서 한번쯤은 들어보거나 내뱉어본 단어 ‘편애’입니다. 대부분은 사랑을 빼앗긴 위치에 있을 때 언급되었습니다. 문득 편애를 당하는 쪽에 관심이 갔습니다. 그리고 제가 편애하는 것들을 고찰해보았습니다.

저는 ‘편애주의자’입니다. 지금 이 머리말을 읽고 계신 당신을 저는 편애합니다. 수많은 책 가운데 이 책을 고르신 당신은 다른 책보다 이 책을 편애하기 때문에 이 글을 읽고 계신 것이 아닐까 조심스레 생각합니다.

편애는 우리 생활 속에서 다소 부정적인 의미로 쓰입니다. 하지만 모든 것을 평등하게 애정한다면 좋아하는 음악, 영화, 책 등을 무엇이라 설명할 수 있을까요. 그래서 ‘편애’가 좋습니다.

이 책에는 제가 편애하는 이야기들을 실었습니다. 제가 좋아하는 감정이 등장하기도 하고요, 제가 편애하는 공간에서 편애하는 사람들과 보낸 시간들, 그것에서 온 직접적 사유들을 정리해 기록했습니다. 제가 쓴 기록물 가운데 유독 편애해서 아픈 이야기도 나옵니다.

여러분은 편애하는 대상이 있나요. 그렇다면 무엇을, 누구를, 왜 편애하시나요. 한번쯤 살면서 편애한 것들을 돌아보며 그 이유를 짚어본다면 그것들이 모여 당신만의 빛나는 색깔이 될 수 있지 않을까 기대해봅니다.

2019년 3월

손현녕

1부
편애하는 일상

내 마음대로

이 세상에는 내 마음대로 되지 않는 것이 많다. 아니, 대부분은 내 마음대로 되지 않는다. 내 마음 하나 어쩌지 못하는 나인데, 무엇을 내 마음대로 할 수 있을까. 그런 까닭에 내 마음대로 할 수 있는 것이 얼마나 소중한지 생각해본다.

오늘 점심은 무얼 먹을지 고를 수 있다. 펌을 할지, 염색을 할지, 어떤 색으로 할지 고를 수 있다. 어떤 옷을 입을지, 어떤 책을 읽을지, 어떤 음악을 듣고 어떤 영화를 볼지도 고를 수 있다. 어떤 그림을 그릴지, 어떤 글을 쓸지, 어떤 사람을 만날지, 누구와 내 남은 인생을 살지… 내가 직접 고를 수 있는 것들이다.

쓰고 보니 나름 우리 마음대로 할 수 있는 것이 많다. 나는 내 마음대로 글을 쓸 수 있어 좋다. 물론 거른 내용으로 사람들 앞에 다가가겠지만 내 마음이 단 한 사람에게라도 다가갈 수 있다면, 그것으로 내 글은 최고의 가치를 갖는다고 생각한다.

여름의 시작, 행복의 시작

7월의 첫날, 제주로 간다. 돌아오는 비행기표를 끊지 않고 무작정 떠나는 여행. 계획 없이 떠나는 여행이어도 불안하지 않을 때, 비로소 자유를 느낀다. 여기저기 돌아다니다 문득 집이 그리워지면 여지없이 짐을 챙겨 돌아올 것을 기약하고 가벼운 발걸음으로 집을 나섰다.

공항으로 가는 길에 택시를 탔다. 그리고 맛있는 빵집에 들러 제주의 소중한 분에게 드릴 빵을 잔뜩 챙겼다. 특별히 달지 않고 크림치즈가 듬뿍 들어간 빵을 가득 담아 부푼 마음을 안고 택시에 몸을 기댔다.

택시를 타고 한참을 가다 기사님께 느닷없이 여쭈었다.

"기사님, 뜬금없는 질문인데, 뭐 하나 여쭤봐도 될까요?"
"네, 그래요."
"기사님, 기사님은 지금 행복하세요?"

기사님은 단 1초의 망설임도 없이 대답하셨다.

"그럼요, 아주 행복하지요."

예상치 못한 답변에 잠시 멈칫했다. 그리고 대화를 이어갔다.

"왜 행복하세요? 저도 행복해지고 싶어요."

"우리 딸 아들 다 건강하고 시집, 장가 가서 잘 살지요. 우리 와이프랑 가끔 드라이브하고 여행 갈 수 있고요. 이 정도면 행복한 거 맞지예?"

기사님의 행복은 단순하기도 했지만, 또 가장 어려운 것이기도 했다. 내가 바라는 행복은 어디에서부터 채워져야 하는 것일까. 나는 왜 그토록 행복에 집착하고 있을까. 행복하고자 하는 욕심을 버리면 비로소 행복할 텐데 말이다.

봉숭아 손톱달

여름 내내 신세 진 제주 게스트하우스 앞뜰에 봉숭아꽃이 만발했다. 우리는 꽃잎을 따다 절구에 찧어 손톱에 물을 들였다. 봉숭아물을 들일 때 꽃잎보다 '풀잎'이 붉은색을 낸다는 건 제주에 와서 처음 들어본 이야기다. 우리는 색을 더 진하게 내기 위해 백반 대신 소금을 빻아 넣었다. 손에 비닐을 달달 감싸고 실로 묶어서 하룻밤을 보냈다.

7월 초에 봉숭아물을 들인 내 손톱은 9월 말이 되면서 조금 더 하얀 '손톱달'에 밀려났다. 하얀 손톱달이 커지고 보름달이 될수록 제주의 시간은 길어지고 육지와의 거리는 가까워진다.

사람을 잘 본다는 것

"저는 사람을 잘 볼 줄 알아요."라고 이야기하는 사람을 만났다. '사람을 본다'는 것은 마음속의 주관적 기준으로 호불호를 가리는 일이다. 하지만 상대를 직접 겪기 전에 사람을 '본다'는 것은 관계 형성에 좋은 영향을 미치지 못한다. 무지보다 더 무서운 건 편견이다.

여행

여행이 갖는 매력은 셀 수 없이 많다. 시간과 경제적 여유만 있다면 대부분은 큰 고민 없이 여행을 떠날 것이다. 여행은 직접 보고 느끼고 듣는, 익숙한 공간을 벗어나는 일이다. 그러므로 떠나는 그 순간부터 새로운 환경에 한발 나아가 부딪히기 시작한다. 새로운 환경에서 만나는 사람, 장소, 향기, 소리 등 모든 것에 적응하고 받아들이고 내려놓는 일련의 과정이라 할 수 있다. 여행은 떠나본 사람이 계속 떠난다고 했던가. 한번 떠나보면 안다. 얼마나 많이 배우고, 깊어지고, 단단해진 모습으로 돌아오는지. 오늘도 다시 떠날 그날을 기다린다.

잘 알지도 못하면서

잘 알지도 못하면서 이야기하지 말아요. 내 마음 다 알지도 못하면서 모든 것을 안다는 듯 함부로 이야기하지 말아요. 당신 마음은 당신만 알듯 내 마음과 감정 그때의 내 선택은 나만이 알고 있는 결과예요. 그러니 가끔은 "그래, 그렇구나." 해주세요. 평가하고 판단하는 일은 이제 그만 하기로 해요. 얼마간의 거리를 유지하며 그렇게 서로 사랑하고 좋아할 수는 없을까요.

동문서답

책방에 앉아 있으면 책방을 찾은 손님들하고 이야기 나누는 사장님과 손님을 동시에 볼 수 있다. 그들의 대화에서 사장님 편에 서보기도 하고 손님 편에 서보기도 한다. 제주라는 특별한 색깔이 있는 곳이라 사장님은 "여행 오신 거예요?" 혹은 "제주분이세요?" 묻는다. 손님이 대답한다. "아뇨, 남편이 여기서 의사를 해서요."

아니, 이리도 동문서답이라는 사자성어에 딱 맞아떨어지는 예시를 찾은 것도 오랜만이다. 그래서 어쩌란 말인가. 사람들은 자기가 가진 걸 드러내는 것도 좋아하고, 숨기는 것도 좋아한다. 나 역시 그런 사람이다. 하지만 자연스럽지도 않고, 더구나 상대방이 궁금해하지 않는 이야기를 저렇게 내뱉어버리면 듣는 사람은 그 장소에 맞지 않게 나뒹구는 말들을 어떻게 처리한단 말인가.

상처

“상처 주는 것이 편해요, 받는 것이 편해요?”라고 누군가 고요한 공기 중에 파란을 일으켰다.

상처 주는 일도, 받는 일도 모두 마음 편한 일은 아니라고 속으로 곱씹었다. 하지만 그 자리에 있던 누군가의 대답은 더 의외의 것이어서 헛헛한 웃음을 자아냈다.

“저는 상처를 줘본 적이 없는 것 같아요.”

얼마나 대단한 말인가. 누군가에게 상처 주는 일을 작정하고, 의식하고서 행하는 사람은 몇 안 될 것이다. 그래서 생각했다. ‘나 역시 나도 모르게 타인에게 준 상처가 많을 수 있겠구나. 괜찮은 것 같아도 괜찮지 않은 일들이 있을 수 있겠구나. 조금 더 언행에 신중해야 한다.’

쇠고깃국

누군가 나에게 물었다. "나 어떤 사람 같아요?" 질문을 듣자마자 당신이 내게 해준 이야기가 떠올랐다.

"현녕아, 너는 쇠고깃국 같은 사람이야. 내가 가장 좋아하는 게 쇠고깃국이거든. 쇠고깃국은 두 가지 버전이 있잖아. 고춧가루를 넣은 것과 넣지 않은 것. 주어진 상황에 따라 변할 수 있는 네 모습을 보는 것도 즐거워."

그런 당신에게 나는 '돼지불백' 같다 했고, 매우 만족스러워하던 그 모습이 아직도 눈에 선하다.

내게 하는 사과

얼마나 가슴속에 할퀴고 간 상처가 많으면 고스란히 아픔을 드러내고 감정의 파도를 타는가. 이런 나를 직면하게 만드는 상황에서 나는 어른이 된다. 우리는 종종 감정을 잘 드러내고 감정에 솔직하면 무례하다고 표현한다. 과연 누구를 위해서 감정을 숨겨야 할까. 나는 나에게 미안해야 한다. 마음 깊은 곳에서 자기를 좀 알아봐달라며 올라오는 감정을 기꺼이 외면하는 나는 나에게 미안해야 한다.

슬프면 슬프다고, 기분 나쁘면 상처를 줬으니 사과하라고, 사랑한다면 세상에서 당신을 가장 좋아한다고. 우리는 내 마음속 이야기에 귀를 기울이고 존중해야 한다.

귀耳

왜 당신은 모두의 모난 점만 보나요. 안 좋은 이야기는 흘려보내라고 귀가 두 개 있는 것이고, 좋은 이야기는 두 배의 큰 소리로 들으라고 우리의 귀는 두 개가 아닐까요. 하나의 입으로 한 번만 이야기하고, 두 개의 귀로 더욱 경청할 수 없을까요.

한량

눈을 뜨고 싶을 때, 자연스럽게 눈이 떠질 때 눈을 뜰 수 있다는 한량의 삶. 제주에서 보낸 두 달의 시간이 그랬다. 일해라, 절해라 잔소리하는 사람도 없었고 모든 것이 나의 자유였다. 자유에 따르는 책임 역시 나의 것이니 자유가 차곡차곡 쌓이는 만큼 주머니에 있던 돈은 자리를 내주어야 했다. 흥청망청 써버리다 어느 날 통장 잔고가 238원인 걸 보고도 그럼 어느 집 마당에서 강아지를 껴안고 자도 좋겠다고 생각했다.

해 질 녘, 지구 냄새

제주에서 만난 인연이 있다. 제주 목조 주택에서 홀로 오랜 시간을 보내야 하는 날이 있었다. 그 사람을 그 공간으로 초대했다. 벌레가 무섭다는 고전적인 핑계로 말이다. 그때 나는 눈에 다래끼가 났고, 그 사람은 두 시간을 들여 내가 있는 곳으로 왔다.

함께 기타를 딩기당 딩기당 튕기다가, 굴러다니는 실뭉치로 소원팔찌를 엮어 서로의 손목에 매듭을 지어주었다. 나는 크림 스파게티를 만들어 대접했고, 그 사람은 함께 산책을 하자고 했다. 우리는 마라도 선착장까지 걸어갔다. 한여름 해 질 녘은 땅의 열기가 푸시식, 피어가듯 꺼져갔다.

항구에는 시간을 낚는 사람들과 맑은 눈을 반짝이며 입을 벌린 채 죽어가는 물고기 몇 마리만 있었다. 홍시처럼 붉은 해가 바다 끝에 걸려 서서히 미끄러졌고 우리는 천천히 집으로 돌아갔다. 돌담 건너로 보이는 밭의 작물 이름을 맞혀보기도 하고, 비가 내린 뒤 땅에서 올라오는 냄새는 '지구 냄새'라는 당신의 이야기를 귀에 익히며.

해가 달에게 자리를 비워주는 사이, 우리는 우리의 공간에 도착했다. 얼마의 맥주를 마시고 땀을 씻어내고 영화 볼 준비를 했다. 하얀 천으로 벽을 가리고 영화를 틀었다. 작은 공간에 나란히 앉아 눈물을 글썽이며 영화를 보자니, 연대감일까 공간이 주는 친밀감일까, 떠나왔기에 가능한 일들의 연속이다.

낯선 곳에서 낯선 사람들과 함께 어울리는 일은 분명 쉽지 않다. 그 속에서 사람의 좋은 점만 보려 애쓰고 다름을 인정하는 긍정적인 당신의 모습이 참 고마웠다.

여행 방식

여행을 하는 방식은 사람마다 다르다. 나는 여러 곳을 짧은 시간에 둘러보는 데 서툴다. 그래서 주어진 시간에 딱 한 곳만 정해놓고 줄곧 그곳에 녹아드는 여행을 한다. 걸어다니며 그 동네 주택의 문 모양은 어떻게 생겼나, 문 색깔은 어떤가 등을 흥미롭게 바라본다. 그러다 그 집을 지키는 강아지와 눈이 마주치면 그 앞에서 한참 재롱을 피우다가 집주인이 나오시면 인사를 나눈다.

동네의 작은 카페에 가서 책을 읽기도 하고, 한 달 살이 동안 동네 꼬마들이 다니는 피아노 학원에 등록해서 피아노를 배우기도 한다. 내가 생각하는 여행은 잠시 머무는 것이 아니라 그 장소에 적셔지고 녹아들어 그 동네 주민이 되어 보는 것이다. 동네마다 가진 색이 다르고 향이 다르고 맛이 다르다. 인터넷 또는 여행 서적이 알려주는 맛집이나 관광지 말고, 나만의 여행 지도를 만들어보는 것도 또 하나의 여행 방법이다.

대화

같은 것에 대해 다른 것을 느끼는 우리는 대화가 필요한 사이. 너와 나의 다름이 있어 우리의 대화는 언제나 즐겁다. 다르다고 해서 틀린 게 아니라는 걸 인정하기 시작하면 내가 못 보는 것을 보는 그 사람의 시선이 너무도 신선하고 재미있다는 사실을 깨닫는다.

동질감

우리는 동질감을 느끼는 사람을 좋아한다. 비슷한 것을 좋아하고 비슷한 감정을 느끼고 비슷한 것을 싫어할 때 그 사람을 신뢰한다. 그중에서 같은 대상을 함께 싫어할 때 공감대가 더욱 커지기 마련이다.

같은 대상을 싫어한다는 것. 그렇다면 누군가를 뒷담화하며 친밀해지기보다 평상시 느끼는 부정적 감정을 같이 토로해보는 건 어떨까. 내가 요즘 느끼는 불안을 같이 싫어해보고, 내가 느끼는 우울함에 대해 함께 이야기를 나누어보는 것이다. 공감을 넘어서 서로에게 위로의 존재가 될 수 있을 테니.

외모와 첫인상

누군가를 처음 만나서 호감을 갖기까지 외모가 얼마나 많은 비중을 차지하는가에 대해 잔잔한 이야기를 나누었다. 살면서 가장 살이 쪘을 때 지금의 남편을 만난 다비 언니는 이야기했다. "J는 날 만났을 때 첫인상이 '와, 크다'였대." 물론 키가 크고 얼굴 생김새가 오목조목 예쁜 다비 언니지만 남편분의 "와, 크다."라는 반응을 받아들이는 감정은 그녀의 자존감과 연결된 것 아닐까.

첫인상 자체가 인연 자체를 좌우할 수는 없다. 대화가 통하고 서로의 울림 소리가 하모니를 잘 이루어야 할 것이다. 그러기 위해 서로의 내면을 알아가려 노력해야 한다. 외모만으로 상대를 평가하고 놓쳐버리면 진정 나의 인연을 놓쳐버릴 수 있으니 말이다.

짜이 다방

핸들이 반 이상 틀어진 차를 타고 달달달달, 짜이를 마시러 간다. 차를 타고 지나가는 하모해변과 사계해변은 가히 환상적이다. 민트색 바닷물과 진파란색 바닷물이 중간쯤 선 하나를 만들고 나뉘어 파도와 함께 일렁인다. 우리는 변함없는 짜이 다방에 가서 우리 집 안방인 양 편히 기대 이야기를 나눈다. 라씨와 짜이를 마시면서 맡은 인도 향이 온몸을 감싸고, 진갈색과 붉은색 그리고 자연의 색이 인도를 대표하듯 눈앞에 어른거린다. 이렇게 하루를 뒤덮은 푸름과 붉음이 섞여 마음이 잔잔하고 평온해진다.

청정 구역

제주에 와서 가장 크게 달라진 점이 있다면, 자연을 벗 삼을 수 있다는 것이다. 도시에서 살 때는 심심찮게 돌아다니는 벌레를 무서워하고 내 눈에서 없애야 마음을 놓았다. 그러나 제주에 와서 만난 귀뚜라미, 메뚜기, 부지런한 거미, 심지어 손바닥만큼 큰 바퀴벌레까지 죽이는 것은 상상도 할 수 없는 일이 되어버렸다. 무언가를 죽이는 일이 제주에서는 더 큰 죄책감을 불러일으켰고, 함께 살아가는 존재로 여기니 더 그럴 수가 없었다. 그럼에도 불구하고 반전이 있다면 날아다니는 대왕 바퀴벌레와 지네는 여전히 그냥 지나치기 힘들어 커다란 무기를 찾아다니는 내가 존재한다는 것이다.

거미

매일 거미줄을 치웠다. 다음 날이 되면 또 같은 자리에 거미줄이 가득했다. 매일매일 같은 시간 같은 자리에 생기는 거미줄을 보면서 생각했다. '거미들은 정말 부지런하구나. 그래, 거미줄을 치는 일도 그들에게는 생업이니까.'

하루는 거미줄을 들여다보니 거미 가족이 아주 기뻐할 만한 날인 듯했다. 꽤 수확이 컸기 때문이다. 온갖 하루살이와 길 잃은 큰 나방이 거미줄에 가득 걸려 있었다. 그 거미줄을 다 끊어내기에는 내가 너무도 못된 사람이라 느껴져 거미줄을 가만히 두었다. 내심 기뻐할 거미 가족을 생각하니 내가 다 배부르게 느껴지기도 했다.

스치는 것이 전부

언행은 늘 조심해야 한다. 작은 말과 행동이 그 사람을 말해줄 수 있다는 걸 잊어선 안 된다. 그것이 그 사람 전체를 보여줄 수는 없지만, 한번 보고 지나치는 것이 일상다반사인 우리 삶에서는 단편적 행동 하나로 그 사람을 기억하니까 말이다.

인고의 장소

성격이 급한 사람은 바다와 어울리지 않는다. 바다는 인내심이다. 기다리고 기다렸을 때, 바다는 나에게 이야기를 들려준다. 파도의 단면을 통해, 부서지는 파도의 끄트머리를 통해, 파도에 밀려왔다가 실려나가는 모래를 통해, 모든 것을 삼키고 새로운 시작을 알리는 온 바다를 통해. 바다는 인내심이다.

편애하는 모슬포를 떠나며

안녕, 구멍 난 돌멩이들아.

안녕, 느리게 자전거 타는 할아버지.

안녕, 옆집 할망.

안녕, 귀뚜라미들아.

안녕, 부지런한 거미들아.

안녕, 하얗게 부서지는 파도야.

안녕, 습기.

사람을 믿습니까?

“야, 넌 아직도 사람을 믿니?”라고 울고 있는 나에게 스스로 물었다. 사람을 너무 잘 믿는 것도 문제라고 하더라. 그러지 말라고 모두가 이야기한다. 사람은 적당한 거리를 두고 그만큼만 믿으며 살아가야 하는 거라고. 언제 뒤돌아 뒤통수 칠지 모르는 일이라고 말이다. 나도 잘 안다. 그런데 그게 잘 안 된다. 얼굴을 보고 있으면, 함께 눈 마주치고 이야기를 나누면 어느새 내 마음을 상대에게 다 내어주고 만다.

물론 길에서 마주치는 ‘도를 믿으십니까?’ 같은 이단 종교나 비상식적인 것에 대한 신뢰와는 다른 차원의 이야기다. 그런 면에서는 어느 누구보다 냉철하다. 어쩌면 내가 나의 선택을 너무도 잘 믿기 때문일까. 내 앞에 앉은 사람에게 빗장이 풀리면 한없이 마음의 곡식을 내어준다. 사람을 믿고, 믿었던 결과는 언제나 더 많이 사랑한 사람의 아픔이듯이. 나는 그렇게 또 마음앓이를 하지만, 그 굴레는 계속된다.

성악설

받는 일보다 주는 일이 더 행복하다. 그 사람이 내가 준비한 것을 받고 좋아하는 표정을 상상하며 하나하나 고른다. 이렇게 보나 저렇게 보나 인간은 이기적인 동물이다. 받는 것은 두말할 것 없고, 주는 일 또한 준비하면서부터 스스로 행복한 감정에 도취하는 것이니 말이다. 그렇게 내 감정에 도취해 양손 가득 채워서 상대방이 나를 충족시키도록 발걸음을 옮긴다.

그녀의 전언

"네가 다가가고 싶은 마음이 두 걸음 앞이라면, 참고 참아 한 걸음만 천천히 가봐. 그렇게 하면 너는 더 빛날 수 있는 사람이란 말이야. 너는 슬픔에 포커스를 두고 있어. 유쾌한 네 모습을 잃으려 애쓰지 마. 지금 그대로도 너무 좋아."

비혼주의자

가끔 결혼을 물어오면, 진담 반 농담 반으로 '비혼주의자'라고 돌려주었다. 그러나 여행을 다니며 서로 사랑이 가득한 사람들 사이에 있으니 나도 내 편, 내 사람과 인생을 꾸려가고 싶다는 생각이 자연스레 들었다. 그들 삶에는 여유가 있어서일까. 여유가 사랑을 키우고 이어주는 것일까.

나도 한때 사랑을 꿈꿨다. 나와 내가 사랑하는 이를 닮은 아이에게 아름다운 제주를 선물하고 싶다는 작은 꿈도 만들었다. 어쩌면 부모의 욕심일 수도 있겠다. 사실 장소가 중요한 것은 아니다. 제주가 되었든 부산이 되었든 누구와 함께 가정을 이루어 순간순간이 즐거운 삶을 살아갈 것인가. 그것이 내가 비혼주의를 벗어나 미래를 꿈꿔보기 시작한 첫 걸음이다.

반딧불이

자연을 개발하여 인간에게 조금 더 편리한 생활을 제공하고 볼거리를 늘리려는 사람들. 그리고 반대 입장에서 자연을 지키려는 사람들. 그 가운데 인상 깊은 쪽은 사라져가는 반딧불이를 증식시키기 위해 노력하는 사람들이다.

반딧불이는 아주 깨끗한 물에 사는 우렁이를 먹고 자라는데, 이 싱싱한 우렁이들을 강원도에서 공수받아 반딧불이가 서식하는 곳에 풀어둔다. 이렇게 조금씩 보호받으며 살아가는 반딧불이는 사람 손바닥에 5초 이상 앉아 있으면 그 열기에 타 죽는다. 얼마나 유약한 존재인가. 그러니 잡으려 하지 말고 아름다운 것일수록 멀리서만 봐야 한다는 가르침이 있었다. 암컷 반딧불이는 가만히 불을 밝히며 앉아 있고, 수컷 반딧불이는 반짝반짝 불을 껐다 켜면서 날아다니는데 그 모습이 인간의 모습하고 다르지 않았다.

책방지기 1일

멀리 일이 있어 잠시 자리를 비운 사장님 대신 이틀간 책방을 보기로 했다. 책방을 보면서 손님들보다 내가 더 많은 책을 샀다. 매출을 높여서 나를 고용하게 만들겠다는 전략이었는데, 가진 돈이 적어서 그것도 무리수였다.

첫 손님은 까만 우산을 쓰고 온 젊은 남자였다. 동생분이 광주에서 작은 책방을 한다며, 책을 이모저모 꼼꼼히 살펴보았다. 문을 열자마자 들어와서 세 시간 넘게 책을 읽고 사색을 하다 돌아갔다. 여행 중에 책방에 들러 하루의 반나절을 보내는 여유를 부릴 줄 아는 사람. 그런 여행을 떠날 줄 아는 것도 경험에서 우러나오는 힘이라 생각했다.

책방지기 2일

책방을 보는 이틀간 내 존재를 손님들에게 밝히지 않았다. 물론 물어보는 분도 없었고, 내가 나서서 "지금 여러 분이 둘러보다가 손에 들었다 놓았다 하시는 그 『순간의 나와 영원의 당신』, 제가 바로 그 책을 쓴 손현녕입니다!"라고 밝힐 깜냥도 되지 않았다.

오후쯤 되어 내 첫 책의 독립출판 버전을 찾는 손님이 있었다. 모른 척, 단행본으로 나온 개정판을 소개했다. 하지만 그 손님은 새 책을 구매하지 않았다. 그러고는 독립출판 버전의 책을 어디서 구할 수 있는지 아느냐고 물어왔다.

이야기를 나누다 보니 이미 새 책을 구매해서 읽었고, 옛날 책까지 소장하고 싶다는 거였다. 아, 그 말씀에 밀려오는 감동을 주체할 수 없어서 무장해제가 되어버렸다. 그리고 조심스레 인사를 건네며 내 소개를 하고 가방을 아주 쩍, 열어 젖혔다.

여행을 떠날 때면 아껴두었던 독립출판 버전의 책을 몇 권 챙겨 넣는다. 마지막으로 한 권 남은 그 책이 가방에 포장되어 있어서 선물로 드렸다. 내가 사는 도시도 아닌 여행 온 곳에서, 단 이틀 책방 사장님이 자리를 비운 사이에 그 자리를 내가 맡았고, 이 손님도 마침 그날 이 책방을 찾았다는 것이 특별한 인연이라 여겨졌기 때문이다. 이 모든 것이 의미를 두기 나름이지만 인연이기에 드릴 수 있는 최선의 선물이었다.

임신부를 모시는 자동차

무언가를 재밌어한다는 말은 그 일을 잘한다는 말하고 다르다. 나는 운전을 참 좋아한다. 그래서 택시운전사를 꿈꾸기도 했고, 대리운전사를 해볼까도 생각했다. 그런데 내 차를 탄 사람들은 무섭다고 표현한다. 부우웅, 끼익! 부우웅, 끼익!

나는 운전이 재밌다. 부산에서는 운전을 정말 난폭하게 했다. 난폭하게 배웠다고 할까, 아니면 난폭한 그들 틈에서 그렇게 해야만 살아남을 수 있었던 것일까. 아니다. 어쩌면 그들에게 지고 싶지 않아서 이겨버리고 싶었던 것일 수도 있다.

그런데 제주에 와서 두 달을 지내보고 내 운전 실력이 형편없음을 알았다. 양보도 배려도 없는 운전, 꼭 이겨먹어야만 성미가 풀리는 운전. 느리게, 느리게, 느려도 괜찮으니까 안전하게 하는 운전. 그것이 바로 실력자의 운전이었다.

누군가 들려준 말이 생각난다. "운전을 잘하려면 뒷자석에 9개월 된 임신부를 태웠다, 생각하고 운전하면 돼."

글쓰기

하고 싶은 일만 하면서 살 수 없을까. 하고 싶은 일을 하면서 생계를 유지한다는 것은 물과 기름이 섞인다는 말처럼 일어날 수 없는 일일까. 나는 글을 쓸 때 가장 즐겁다. 오롯이 나 혼자가 되는 시간이 좋다. 하염없이 나의 내면을 바라보는 시간. 그렇게 무너지지 않기 위해 다시 바닥을 다지고 다진다. 세상 모든 것이 변해버려도 나 자신을 지키기 위해서. 그래서 나는 글을 쓸 때 가장 즐겁다.

영감

오랜만에 아는 작가님과 통화를 했다. 제주에 있다고 하자 작가님이 대뜸 말씀하셨다. "제주에 계시면 도처에 영감이 널려 있겠어요."

'응? 여기는 할아버지보다 할망이 많은 곳인데.' 이어서 드는 생각은 도무지 부끄러워 입 밖에 꺼낼 수도 없었다. '이 도천에 할아버지가 계시면 뭐 하리? 할아버지와 손 붙잡고 앉아 수다라도 떨어야 하리?'

차분히 대답했다. "네? 작가님, 여기 영감님은 별로 안 계세요."

그러자 아주 무심한 목소리가 돌아왔다. "아뇨, 그 영감 말고요."

그 작가님이 말씀하신 영감은 inspiration. 무언가에 감정을 불어넣고 고무시키는 그 '영감'이었다. 부끄러움과 헛헛한 웃음을 뒤로하고 가만히 생각에 잠겼다. 내가 제주에서 영감을 얻고 있는가. 사실 제주 도처에서 얻는 영감이라기보다 제주에서 만나는 관계 속에서 얻는 영감이 많았다.

그리고 일어나는 사건들. 그래, 그런 거라면 내가 살던 육지에서도 가능한 일들이지. 하지만 관계의 변화는 떠나야만 만들 수 있는 것이니까. 케케묵은 육지의 모습을 던지고 오니 또 나를 돌아볼 수 있는 계기가 되었다. 그 작가님의 말씀이 옳았다. 영감은 제주에서 만든 인연들 속에 수없이 널려 있었다.

훈수

"늘 훈수는 어렵지 않거든요. 자기 것이 가장 어렵죠."

어느 대화에서 내 가슴에 살며시 앉은 말이다. 그렇다. 남에게 두는 훈수는 어렵지 않다. 내 눈에 보이는 남의 티끌을 고작 입 주변의 근육을 이용해 몇 마디 하면 되니까. 그런데 자기 일은 머리에서부터, 마음에서부터 차올라 행동으로까지 옮겨야 하니 쉽지 않은 것이다. 남에게 훈수를 두기보다 내 마음부터 갈고닦아야 하는 것이다. 남의 티끌이 나에겐 없는지 먼저 확인해야 하는 것이다.

장소 인연

우리는 저마다 결을 가지고 있다. 그중에서도 비슷한 결을 가진 사람들이 서로를 알아보고 관계를 이어간다. "도서관에서 만났는가, 클럽에서 만났는가. 같은 사람이어도 만난 장소에 따라 다르게 의미를 차지한다."라는 이야기를 들었다. 여행 중에 유독 크게 와닿았다.

나는 두 동네를 오고 가며 어울렸다. 그런데 어느 한 동네에서 만난 사람들과 더 편안한 눈맞춤을 하고 지속적인 인연을 이어갈 수 있었다. 다른 동네에서 만난 사람들을 폄하하거나 비난하는 게 아니라 성향의 차이를 말하고 싶은 것이다.

동네마다 가진 특성이 있는데, 그 특성을 사랑하는 사람들이 그 동네에 모였으니 그들끼리는 잘 맞을 확률이 이미 그 장소를 선택했을 때부터 높아지는 것이다. 그런 일들이 장소를 옮길 때마다 일어나는 터, 장소가 가진 의미와 느낌을 지울 수 없다.

편애

내 곁에 좋은 사람이 많았으면 좋겠다고 생각한 적은 없다. 하지만 마음이 악한 사람은 곁에 없었으면 했다. 지금 곁에 몇 없는 사람들이 모두 다 따뜻한 마음을 가진, 어쩌지 못하는 마음을 가진 사람들이라는 것을 안다. 나는 이들을 너무도 편애한다.

희망 사항

누군가 내게 "앞으로 어떤 책을 쓰고 싶으세요?"라고 물어왔다.

"거창한 책이 아니라요, 제가 힘들었을 때 쓴 글로 많은 공감을 얻고 위로를 얻는 책을 쓰고 싶어요. 저는 이미 그 글을 쓸 때의 구렁텅이에서 빠져나왔을지라도, 그렇게 글을 써두었으니 혹시나 같은 구렁텅이에 빠진 사람이 제 책을 읽는다면 조금은 위로가 되지 않을까 해서요. 저보다는 조금 덜 아파하고 제가 겪은 시간보다는 조금 더 빨리 헤어나오는 데 도움이 되는 책을 쓰고 싶어요. 누군가 한 사람에게는 가장 편애하는 책이 되었으면 해요. 게걸스럽게 빨리 먹어치우는 책보다 책장을 덮은 후에도 여운이 남고 잠시나마 사색을 할 수 있는 책이 되었으면 좋겠어요."

말버릇

비가 내리는 제주는 더없이 좋다. 돌아가는 풍력발전기 아래 달리는 자동차는 바람에 쫓기듯 날아가버린다. 제주에서 만난 아홉 살 꼬마가 있다. 꼬마를 차에 태우고 데이트를 하러 다녔다.

그날은 교차로에서 브레이크 제동 없이 속도를 내는 차와 작은 사고가 날 뻔했는데, 너무 놀란 탓에 "아이 씨."라고 해 버렸다. 옆에 아홉 살 꼬마를 앉혀놓고 말이다. 바로 아이의 상태를 살피고 괜찮은지, 많이 놀라진 않았는지 물어보았다. 그리고 사과했다. "이모가 나쁘게 이야기해서 미안해."

아홉 살 꼬마가 담담하게 대답했다. "아니에요, 이모. 그럴 수 있죠. 사람은 누구나 다 놀라면 그럴 수 있는 거예요. 저희 엄마도 운전 중에 놀라서 그렇게 이야기한 적 있어요. 저도 놀라면 가끔 그래요." 작고 어리다고만 생각했는데, 어떻게 이렇게 깊은 마음을 가질 수 있을까. 아홉 살이 어떻게 내 놀란 마음을 다스려줄 수 있을까. 역시 작은 개미 한 마리, 풀 한 포기도 배울 게 있다는 말이 정답이다.

미워하는 힘

사람을 미워하는 일에는 많은 에너지가 필요하다. 모든 일에는 이유가 없다고 하지만, 너무 쉽게 사람을 미워하거나 내쳐서 적으로 만드는 사람은 어쩌면 자기 마음에 그와 똑같은 미운 사람이 들어앉아 있기 때문이라는 생각이 들었다. 자기 자신도 그 모습을 가지고 있기 때문에 그 모습이 미워 보이는 것이다.

언어 폭력

“가족이니까, 사랑하니까, 널 생각하니까 그런 거야.”라고 덧붙이는 말과 함께 우리는 매일 언어 폭력을 당한다. “살 좀 빼라. 그게 뭐냐.” “커서 뭐가 되려고 그러냐. 너만 보면 속이 터진다.” “그렇게 해서 이번 시험에는 붙겠냐. 다른 집 애는 이번에 붙었다더라.” “정 안 되면 시집이나 가라.” 등의 쏟아져내리는 말들. 남에게는 절대 할 수 없는 이야기, 가족이기에 너를 끔찍이 생각하는 마음으로 해주는 이야기. 그게 바로 가장 가까운 사람이 행하는 언어 폭력이다.

사랑해서 해주는 말이라면, 사랑을 담아서 해주면 어떨까? 잘되기를 바라는 마음에 하는 말이라면, 잘할 수 있도록 힘이 나는 이야기를 해주면 어떨까? 가까운 사람에게 받은 상처는 치유하는 데 두 배의 시간이 든다.

개 두 마리

작은 시골 마을에서는 늦은 밤이 되면 달빛만이 나를 인도하는 가로등이 된다. 깜깜한 어둠 속에서 운전을 하며 집으로 돌아가는 길이었다. 그런데 도로에 큰 물체 두 개가 나란히 놓여 있는 것을 발견했다. 그것이 커다란 개 두 마리였다는 것은 속도를 점차 줄이며 비로소 알아차렸다.

차가 가까이 가자 두 마리의 개 중 한 마리만 움직여서 차 근처로 오는 듯 보였다. 나머지 한 마리는 꿈쩍도 하지 못하고 마치 사체처럼 누워 있었다. 움직여 오던 강아지는 누워 있는 친구 곁을 떠나지 못했다. 나는 한참 차를 그 자리에 멈추고 고민했다. 차에 치여 죽은 걸까? 그냥 누워 자는 걸까? 차에 치여 죽은 거라면 내가 지금 뭘 어떻게 해야 할까?

고민을 하면서도 내 오른쪽 발은 가속페달을 살포시 눌러 밟았지만, 내 시선은 왼쪽 사이드 미러를 떠날 수 없었다. 움직이던 개는 내 차를 따라오다 다시 친구 곁으로 돌아갔고, 어둠 속에서 흐려지는 사이드 미러에서 친구 강아지는 여전히 힘없이 누워 있었다.

악당

“이모는 세상에서 가장 무서운 게 뭐예요?”라고 작은 꼬마가 물었다. 나는 꼬마의 볼을 어루만지며 대답했다.

“이모가 가장 무서운 건 병이야. 아픈 거. 이모는 이모가 사랑하는 사람들이 아프지 않았으면 좋겠어.”

내 대답을 들은 꼬마는 약간은 이해한 듯했지만, 자기가 원한 ‘악당’ 같은 대답이 나오지 않아 이내 흥미를 잃은 표정으로 친구들에게 달려갔다.

돌이켜보니 만화영화에 나오는 악당 역할이 어쩌면 병마 같은 것이니, 꼬마도 언젠가 내 마음을 이해할 날이 오지 않을까 하며 쓴웃음을 지었다.

과거의 편애

시간은 우리가 모르는 사이에 사람과 장소를 바꿔놓는다. 2000년 초반에 모슬포 항구를 찾았던 그들이 2017년이 되어 모슬포를 다시 찾았다. 17년의 시간 동안 많은 것이 변해서 아쉬움을 뒤로하고 떠났을 그들을 생각하며, 변하지 말았으면 하는 장소는 다시 찾지 않는 것이 좋겠다고 생각했다.

사람 역시 그럴까? 오랜 세월 좋은 기억으로 남은 사람을 굳이 만나서 옛 기억에 회색 칠을 하는 것보다 찬란한 과거의 색을 그대로 두는 편이 더 좋을까. 시간의 다른 말은 변화이자 흐름일 터, 흘러감의 갈래 속에서 긍정과 부정의 길을 선택하는 일은 온전히 나의 몫이다.

갈팡질팡

갈팡질팡하는 고민이 많은 날이었다. 필요한 신발을 사려니 가격대가 높아 고민하고, 이 사람을 더 만나볼까 하니 아무래도 신뢰가 없어 고민했다. 누군가 그랬다. 가격이 저렴해서 살까 말까 고민할 땐 사지 않는 것이 더 좋고, 비싸서 살지 말지 고민일 땐 사는 것이 좋다고. 사람은 어떨까. 신뢰가 부족하면 만나서 쌓아야 하는 일일까.

지속 가능한 행복

요즘 내가 행복을 느낄수록 부모님의 걱정은 더욱 커지시나 보다. 아이러니하게도 말이다. 나는 순간의 행복을 이야기했고, 부모님은 지속 가능한 행복이어야 한다고 하셨다. 미래에서 기다리고 있을 잡히지 않는 행복에 '지금 이 순간'을 저당잡히고 싶지 않은 내 마음이 마냥 철없어 보일지 모른다. 그럼에도 불구하고 나를 걱정하는 부모님께 활짝 웃어 보이며 요즘 나는 건강하고 행복하다고 이야기한다.

자유

나만 제자리인가 싶을 정도로 시간의 흐름이 빠르게 느껴진다. 나를 속박하는 것들로부터 조금씩 자유로워져야 한다는 깨달음을 얻었다. 불안으로부터의 자유, 압박으로부터의 자유. 우리는 자유롭기 위해 스스로 자유를 착취한다. 결국 맴도는 결론은 '지금 이 순간의 자유'였다.

나를 갉아먹는 것들로부터 해방되어 스스로 자유를 찾을 수 있어야 한다. 아주 작게는 나는 이 좁아터진 방구석에서 해방되어야 하고, 나아가 이 좁아터진 마음에서 해방되어 '나'다워지고 싶다. '나'를 자유롭게 하여 '지금'에 존재하고 싶다.

가풍

집집마다 고유의 가풍이 있을 것이다. 그 가족만 알고 있는 레시피나 자주 찾는 맛집 그리고 휴식처, 휴가를 즐기는 방식 등 말이다. 우리 집은 여름이 되면 큰 대접에 미숫가루를 타서 얼음을 동동 띄우고 수박을 썰어 넣는다. 여름만 되면 생각나는 별미인데, 나중에 가정을 꾸린다면 대대로 이어지는 소소한 레시피가 되는 것이다.

또 하나, 매주 주말이면 산속에 있는 절을 찾아 약수를 떠온다. 가끔은 돌아오는 길에 외식을 하고 차 안에서 노래 부르며 흔들흔들 어깨춤도 춘다. 부모님께 한 주의 피로를 풀어드리기 위한 노력이라 생각하니 나이를 먹어도 부모님 앞에선 영락없는 아이가 된다.

가족은 또 하나의 세계이고, 자식들이 가정을 이루었을 때 또 하나의 문화로 만들어진다.

편애하는 사람

내가 좋아하는 사람들이 서로를 알고 서로에게 좋은 영향을 줄 수 있다는 게 기쁘고 감사하다. 시간이 흐를수록 나 자신을 애써 꾸며야 하거나, 겉만 빙빙 도는 대화의 자리는 피하게 된다. 서로가 마주함으로써 위안이 되고 편안함을 줄 수 있는 '몇 안 되는' 사랑하는 사람들을 챙기기에도 빠듯한 삶이다. 하물며 그들이 '나'를 매개로 서로 만나 가까워진다면 그 역시 얼마나 행복한 일인가.

아쉬움

아쉬울 때 숟가락을 내려놓고, 아쉬울 때 헤어지고 아쉬울 때 떠나야 한다고 했다. 가끔은 아쉽기 때문에 다시 찾게 되니까. 넘치게 취한 것은 다시 찾고 싶은 마음이 쉽게 들지 않는다.

그리워하기 위해 의도적인 아쉬움을 선택한다. 나는 지금까지 아쉬움을 남겨놓고 살았다. 그 아쉬움으로 다시 시작할 용기를 얻기도 하지만, 모순적이게도 더 이상 아쉬움을 남기고 싶지 않아 또 도전하는 내 모습이 가끔은 우습기도 하다.

기억 여행의 길잡이

어느 곳을 여행해도 사진을 찍기보다 그 장소와 시간, 내 감정을 글로 남기는 것이 좋았다. 시간이 한참 지난 후에 그 글을 읽으면 그날의 향기와 온도가 다가왔으므로.

사진은 그 느낌이 덜하다. 지난 사진을 보면 그 장소만 눈에 들어올 뿐 그날의 감정이라든지 그날의 온도나 습도 따위는 잘 느껴지지 않았다.

마음에 드는 장소에 가면 단 한 줄이라도 글을 남긴다. 근사하다든지, 다시 찾고 싶지 않다든지 말이다. 기록은 기억 여행의 길잡이가 된다.

습관 형성

습관이 무섭다. 어렸을 때부터 나도 모르게 자연스레 형성되는 습관. 주변에서 올바른 어른이 올바르게 잡아주지 않으면 남에게 민폐를 끼칠 수 있는 나쁜 습관이 나도 모르게 몸에 배어버릴 수 있다.

나쁜 습관이 몸에 배어버렸더라도 혼자 지내면 그 누구도 상관하지 않으니 그런대로 괜찮다. 본인만 불편하지 않다면. 그런데 변기 커버를 올리지 않고 여기저기 소변을 튀기며 볼일을 보는 사람이 공동체 생활을 한다면, 그 한 사람의 습관이 다른 모두에게 민폐가 될 수 있는 것이다.

어른이 된다는 건 그런 것일지도 모른다. 자기가 한 일에 책임을 지는 것. 그런데 자기가 잘못한 일조차 모른다면 도대체 그 책임은 누가 져야 할까. 그 사람을 제대로 키워내지 못한 부모님을 향한 질타가 무수한 사람의 입으로 내뱉어져 공기 중에 사라지면 그만일까.

결핍

당신의 결핍이 무엇인지, 어떤 아픔을 겪었는지는 사실 묻고 싶지 않아요. 무슨 소용이겠어요. 아무 말 없이 들어줄게요. 그 결핍을 내가 다 채워주지 못한다 해도 곁에 있어줄게요. 저는 그저 지금의 당신이 좋아요. 나를 만나기 이전의 당신에 대해 원망하거나 부정하지 않을게요. 나를 만난 이후의 당신이 중요하니까요. 나와 당신의 지난 아픔과 결핍이 우리 관계를 망치지 않게끔 서로 노력해요. 서로의 작은 구멍쯤은 포근히 안아서 덮어주기로 해요.

정情

이성이 아무리 아니라고 말려도 가슴이 등떠미는 일이 있다. 복잡해서 머리가 아파도 꼭 내가 해결해야 하는 일이 있다. 주변 사람들은 들어주기만 할 뿐 선택은 결국 나의 몫이다. 그런 일들 앞에서 왜 이렇게 망설일까. 답을 알면서도 어쩌지 못하는 마음에 시간을 빼앗기고 더 사랑할 날들을 빼앗긴다.

우리는 이러지도 저러지도 못하는 일 앞에서 잠시 멈춰 있다. 자기만의 방식대로 행동한다. 나는 죄책감을 느끼며 여기에 머물러 있다. 이 또한 지나갈 시간이라는 것을 안다. 지나간 시간 앞에서 억지 부리는 모습은 우습다. 재활용조차 되지 않는 우리의 대화, 감정, 시간, 웃음 그리고 또 한층 쌓이는 무서운 '정'. 우리이기 이전에 너와 나, 사람 대 사람으로 쌓이는 이 '정'이 무섭다.

낮음

"제주의 무엇이 좋으세요?"라는 물음에 대답했다.

"저는 제주의 '낮음'이 좋아요. 대부분의 건물이 낮다 보니 왠지 하늘과 더 맞닿은 기분이 들어요. 실제로 구름이 지붕에 걸려 떠나지 못한 날도 많았으니까요. 그리고 소음이 낮아서 좋아요. 육지에 있을 때는 몰랐던 것들이 제주를 다녀가면 느껴져요. 제주에 밤이 내리면 자연에게 자리라도 내어준 듯 온 동네가 풀벌레 소리만 가득해요. 불을 끄고 잠자리에 들면 그 흔한 불빛 하나 없어 눈을 아무리 깜빡여도 앞이 보이지 않고, 귀뚜라미와 온갖 벌레들의 수다만 가득하죠. 그래서인지 육지로 돌아가면 쉬이 잠들 수가 없어요. 그동안 어떻게 잤을까 의아할 정도예요. 아무리 불을 끄고 방문을 꽁꽁 닫아도 밖에서 스며드는 환한 불빛과 소음에 잠을 청하지 못하는 것도 참 힘들어요. 땅에서부터 시작하는 나무, 꽃, 열매, 풀의 생기를 느낄 수 있어서 좋아요. 땅에서부터 태어나 기어가고, 달려가고, 날아가는 자연의 생명

들. 더 낮게 더 낮게 땅으로 겸손을 가르쳐주는 제주가 좋아요. 땅으로 가는 길을 아는 우리라면 조금 더 마음이 평온할 수 있지 않을까요?"

선물

슬며시 내민 천 원짜리 삼각김밥 하나에도 그 사람을 집으로 초대해 진수성찬을 대접했다. 결국 남겨진 것은 수북하게 쌓인 빈 그릇과 음식물 쓰레기인 걸 알면서도 말이다.

선물을 잘하기로 소문 아닌 소문이 날 정도니, 받는 것에 비해 너무 많은 것을 주는 것이 온전히 나에게 오는 행복은 아니라고 느꼈다. 사람이라면 주는 것과 동시에 내 마음에 대한 상대의 반응을 원하게 된다.

당연한 이치다. 큰 선물이나 계산적인 보답이 아니라 "고맙습니다."라든지, "덕분에 행복합니다."라는 말이라면 주는 이도 받는 이도 모두 좋을 텐데, 생각하는 밤이다.

성장통

돌아보니 나는 많은 것을 얻었고, 내가 가진 것을 어떻게 써야 하는지 고민할 수 있었다. 가진 것 중 무엇이 가장 소중한지 깨달았고, 소중한 그것을 어떻게 하면 지킬 수 있는지 배웠다. 반대로 어떻게 했을 때 그것들을 놓쳐버리는지도 어깨너머로 알게 되었다.

매년 여름 성장통을 겪는다. 뜨거운 여름이 지나고 나면 조금은 달라진 내가 되어 있었다. 역시 공짜로 얻어지는 것은 없다.

지난날 나의 오만은 모두 가짜였음을 뜨거운 여름이, 소리 없이 순식간에 얼굴을 숨기던 발간 해가, 밤바다를 밝히는 고기잡이배가, 사랑하는 만큼 매섭던 어머니의 회초리가, 살아오면서 모든 진실된 인연들이 가르쳐주었다.

낭중지추

5년 만에 만난 친구는 지난날 내게 보여준 그 열정을 여전히 가지고 있었다. 주머니 속에 송곳을 가지고 언제나 앞으로 나아가려 애쓰던 멋진 친구. 이제는 스스로 송곳이 되어 여기저기서 활약하는 모습을 보니 내 일처럼 기뻤다.

몇 년째 변하지 않는 그녀의 인생 모토 '낭중지추囊中之錐'. 우리는 우연하게 만나 우연히 서로를 잊고 지내다 우연스럽게 다시 만났다. 그렇게 우리의 지난 시간을 장면, 장면 되짚었다. 자그마치 8년이 넘는 시간.

우리는 많이도 변했고 무서우리만치 그대로였다. 그 지나간 시간을 다시 읽어보며 헛되이 흐른 시간은 아니었다고 서로를 위안하면서 양 어깨를 다독였다.

함께 사는 것

양말을 개어 접을 때 두 짝이 흩어지지 않게 잘 접는 방법은 언제쯤 익혔을까. 설거지를 할 땐 여기저기 튄 물기를 잘 닦아서 마무리해야 한다는 것은 또 언제쯤 들은 말일까. 당연하게 여겼던 일이 당연하지 않다고 느껴질 때, 살아온 환경에 대해 생각한다.

같은 집에서 30년을 함께 살아온 것이 아니라면 정말 사소한 부분부터 다름을 느낀다. 설거지는 밥 먹고 바로 하는지 좀 두었다 하는지, 세탁기는 얼마나 자주 돌리는지, 화장실 바닥은 늘 건식이어야 하는지, 수건은 어떻게 접어서 어디에 보관하는지. 반팔 티셔츠 하나 개는 방식까지 다 다를 것이다.

결혼을 떠나서 누구와 같이 산다는 건 그런 것이다. 나를 이루는 과거의 모든 세계와 당신을 이루는 과거의 모든 세계가 만나 거대한 충돌을 만드는 셈이다. 그럼에도 불구하고 맞추어 살아가는 것은 상대를 향한 사랑과 이해를 넘어 본인의 부족함을 먼저 아는 자기 반성이 있기 때문 아닐까.

내 동생

세상에 보이지 않는 멍으로 힘들어하는 사람이 얼마나 많을까. 너무도 멀쩡한 겉모습과 달리 마음에 든 멍을 애써 웃음으로 가리고 사는 사람이 얼마나 많을까. 그 허다한 마음들이 모두 내 것처럼 느껴지는 밤이 있다.

철없게만 보이던 동생이 내 손등에 자기 손을 포개어 얹고 이야기했다. "누나야, 제주도 좋아하잖아. 먼저 가 있을래? 내가 필요한 돈은 다 보내줄게. 그리고 누나야, 공부 마치면 나도 바로 따라갈게."

고작 스물셋이라 생각했는데, 아니 내 동생이라 더 남보다 어리게만 봤는데 그 큰 마음에 하염없이 눈물을 쏟고 말았다. 자기 마음속에 든 멍은 아무렇지 않다고 하는 녀석의 쓴웃음이 더 애통했다.

서로 TV 리모컨을 차지하겠다고 소리 지르며 싸웠는데,

아이스크림 남은 걸 다 먹었다고 그렇게 미워하며 한동안 말도 안 했는데. 내가 모르는 사이에 녀석도 어른이 되었구나.

좋은 누나, 본보기 될 누나가 아니어서 미안하다 말했고, 동생은 "아니야, 괜찮아, 다 괜찮아."라며 그 넓고 따스한 손으로 내 등을 한참이나 쓸어내렸다.

사랑은 의리

사랑이 무엇이냐는 질문에 '의리'라고 대답한다. 친구 사이의 의리보다 더 견고하고 굳건한 믿음이 있어야 하는 것이다. 연인 사이의 권태기는 누구에게나 찾아올 수 있다. 나 역시 그랬다. 그 사람이 그날 입은 옷이 그냥 싫었고, 그 사람이 나를 쳐다보는 눈빛마저 괜히 심술이 나서 싫었다.

지금의 나라면 이렇게 이야기했을 것이다. "요즘 나 권태기를 겪는 것 같아. 우리 같이 좀 색다르게 노력해보면 안 될까?" 내가 겪는 변화를 솔직하게 털어놓는 것도 의리고, 설령 극복하지 못하더라도 끝까지 관계를 잘 마무리하는 것도 둘 사이의 의리다.

4년을 사귀면서 다른 사람과 눈이 맞아 버스 환승하듯 가버린 그녀의 태도를, 그것을 옹호하는 주변의 반응을 경멸한다. '네가 무슨 상관이냐?' 하겠지만, '둘 사이의 문제는 둘만 아는 것이다.'라고 하겠지만, 적어도 4년의 의리라면 갈

아치우는 듯한 행동이 부끄럽다는 것쯤은 알아야 하지 않을까. 너를, 너의 새 연인을 그리고 상처받은 내 친구를 보며 내 일처럼 마음이 미어진다.

러브레터

할머니 팔순잔치를 했다. 팔순이신 만큼 가까운 곳, 먼 곳, 심지어 외국에 사는 친척들까지 모였다. 식사를 하고 선물을 열었다. 그중 가장 멋진 순간은 할아버지가 할머니에게 보낸 러브레터를 읽는 시간이었다.

"사랑하는 황 여사에게"로 시작하여 "고생했소. 사랑하오."로 끝나는 편지였다. 편지 낭독 중간중간 할머니가 넣는 추임새가 참 재미있었다. "사랑하는 황 여사에게"라고 시작하자 할머니가 "염병하네."라고 받아쳐서 큰웃음을 주기도 했다. 편지 아래에는 말로만 듣던 '백지수표'가 있었다. 언제, 얼마든지 원하는 액수를 적어 할아버지에게 청구하라는 최고의 팔순 선물이었다.

그동안 가족을 꾸릴 자신도 계획도 없었다. 그런데 오늘의 그 북적임과 즐거운 시간 속에서 '아, 나도 내 가정을 꾸릴 수 있을까.' 하는 생각이 들었다. 저녁 내내 할머니를 안고 할머니의 젖무덤에 귀를 대고 있었다. 마음의 고요를 찾을 수 있었다.

엄마의 선물

스무 살이 되었을 때 엄마가 나를 불러 가만히 앉혔다. 그동안 숨겨온 출생의 비밀이라든가, 사실은 우리가 어느 재벌가의 핏줄이라든가 하는 이야기를 들을 듯한 분위기였다. 텅 빈 방 안 고요한 침묵 속에서 엄마는 말없이 오래되어 보이는 낡은 상자를 무겁게 내어놓았다. 때가 낀 노란 테이프가 접착력을 상실한 채 너덜거렸다.

상자에 손이 닿아 내용물을 확인할 때쯤 엄마가 입을 열었다. "엄마가 스무 살 때부터 혹시 나중에 딸 낳으면 주려고 재밌게 읽은 책을 모아뒀어. 이제 네가 스무 살이 되었으니까, 그리고 내 딸이니까 너한테 주는 거야." 진짜 그랬다. 누런 책들을 펼치면 책벌레가 기어다녔고, 단연 20대에 좋아했을 연애소설, 가슴 저미는 시집, 그 시대에 유행했을 책들이 가득했다.

그래서 나 역시 상자를 꾸리는 중이다. 미래의 내 딸이

'아, 우리 엄마가 젊었을 때는 이런 책을 읽었구나.' '그 시대는 그랬구나.' 하고 엄마가 된 나의 20대를 이해할 수 있도록 말이다.

티 없이 맑은 아이들

세상에 나쁜 사람은 있어도 나쁜 아이는 없다. 아이들을 처음 만나면 서로가 데면데면하다. 아이들은 귀신같이 알아본다. 이 사람이 자기를 진심으로 사랑하는지 아닌지를.

학교 다닐 땐 그런 교사를 만나지 못했다. 그래서 아이들에게 더 진심으로 사랑을 표현하고 싶다. 하나라도 예쁘고 잘하는 것을 찾아 칭찬하고, 안아주고, 이야기를 들어주려 노력한다. 그리고 최선을 다해 수업을 준비한다.

나는 기간제 교사다. 계약 기간이 만료되면 아이들을 두고 떠나야 하는 철새 교사. 노력이 부족한 탓인지 '정교사'가 되지 못했지만, 아이들을 사랑하는 마음은 줄지어 평가당하고 싶지 않다.

느닷없이 '옷깃 인연'을 이야기하며 한 아이 한 아이마다 옷깃을 맞대고 포옹했다. 몇몇 남자아이는 쑥스러워하는데,

호린이라는 녀석, 나를 안더니 “선생님, 사랑해요.” 한다. 눈물을 보이지 않으려 참 많이 애쓴 하루다.

공허

공허함은 공허함만이 채울 수 있다. 고독은 외로움과 다르다. 고독은 인간의 숙명과도 같은 것이다. 가끔은 행복한 감정이 순간의 착각이 아닐까 한다. 환상 속 꿈이 지나고 나면 여지없이 인간은 본래 고독하다는 사실에 직면한다.

우리는 누구나 모두가 혼자다. 그러나 고독에 익숙한 사람이 존재할까. 혼자가 좋아서 혼자 영화를 본다. 혼자가 좋아 긴 시간 홀로 여행을 떠난다. 분명 혼자가 좋았는데, 혼자이고 싶지 않아 발버둥 치는 나를 만난다. 다시 무리 속으로 들어가고 관계를 맺으면 또다시 혼자를, 고독을 그리워한다.

그래, 누구나 외롭고, 외로운 게 삶이라는 것. 그래서 우리는 서로를 사랑하지만 안에 공허와 고독을 필연적으로 받아들여야 하는 것. 이렇게 흐리고 잔잔한 호수에 안개가 낀 날은 꼭 고독과 마주 앉아 이야기를 나눠야 한다.

떠나와야 할 과거

도망 다니기 바쁘다. 지레짐작, 겁쟁이가 되어버렸다. 가을이 되고 나서 방 안에 음악을 틀어놓고 멍하니 천장을 보는 시간이 늘어났다. 잠들기 전 그 시간을 가장 좋아한다.

'어쩌지?' '어떡하지?' '하지 말자 그냥…'으로 끝나는 생각의 꼬리. 지나친 생각은 부정의 도화선을 타고 흐른다. 역시 눈 질끈 감고 저지를 때 '실패'든 '성공'이든 무언가 결과를 얻는다.

지금 내 휴대전화에는 1만여 장의 사진이 있다. 바로 어제부터 한 장씩 과거를 들여다보았다. 찬란했다. 그리고 역력히 불안했다. 아니, 불안을 감추기 위한 시선과 노력이었다.

그런데도 찬란했던 이유는 당신과 함께 했기 때문이다. 유독 당신과 보낸 시절의 사진은 모든 것이 편안했다. 나는 아직 준비가 덜 됐다. 나를 더 사랑해야 한다. 그리고 당신을 덜 사랑해야 한다. 우리의 과거에서 떠나와야 한다.

마음부자

사람의 겉이 속까지 결정해버리는 일이 있다. 그러지 말아야지 하면서 놓치 못하는 편견 역시 어쩔 수 없는 것일까. 어느 배우를 만나 길지는 않지만 깊은 이야기를 나누었을 때, 그 사람의 직업이 아닌 사람 그 자체의 속을 만날 수 있었다.

직업에 따라 사람을 낮게 또는 높게 대하는 경우를 보곤 한다. 그 어떤 직업도 스스로 양심에 어긋나지 않고 자기 자신을 귀히 여길 수 있다면 업신여김을 당할 이유가 없다. 돈을 많이 번다고 해서, 사회적으로 인정받는다고 해서 있는 그대로가 아닌 작업을 보고 한껏 우대해줄 필요가 없다는 것이다. 나는 이리도 잘 알면서 유독 '마음부자' 앞에선 한없이 작아진다.

퇴근길 잔상

퇴근하고 돌아오는 길에 차가 막혀 한참 신호를 기다렸다. 요즘 즐겨 듣는 롤러코스터의 〈습관〉이 차 안 가득히 울려퍼지고, 그 위에 내 목소리를 얹어 신나게 따라 불렀다. 도로 한가득 서 있는 차들도 힐끔힐끔 쳐다보면서.

그때 반대편 차선에 멈춰선 차가 눈에 들어왔다. 운전석에 앉은 여자는 울부짖음에 가까운 표정으로 전화기를 들고 통화 중이었다. 계속 쳐다보기가 미안했다. 그래서 고개를 얼른 돌렸지만, 왠지 내 차에서 울리는 노랫소리를 뚫고 그녀의 울음소리와 고함 소리가 들리는 듯했다.

표정만으론 그녀의 사정은 알 수 없지만 감정은 고스란히 느낄 수 있었다. '화'는 없었고, 떠나가는 것에 대한 슬픔 같기도 하고 놓아야 하는 것, 비워야 하는 것에 대한 서러움 같기도 했다. 잠시였지만 저녁 내내 그 잔상이 남았다.

뚝심

'오늘을 어떻게 살아야 할까?' '무엇을 목표로 두고 살면 좋을까?'에 대한 이야기를 했다. 아닌 듯 보여도 한국 사회는 서서히 변하고 있으며, 사람들의 의식 역시 변해간다고.

'공부만이 살길이다'라는 슬로건을 달고 적성이 어떤지, 내가 좋아하는 것과 잘하는 게 무엇인지 철저히 무시당한 채 대학 입학만이 인생의 종점이었던 우리.

그 치열함의 결과를 지금 우리 세대가 이렇듯 아프게 입증하고 있으니 역시 겪어보고 아니면 다른 방향을 찾는다. '공부'만이 답이 아니라 미술, 요리, 기술, 게임, 노래도 답이 될 수 있다는 것을, '공부'도 한 방향일 뿐이라는 것을 우리 모두 인식한다.

그런 부모가 되기 위해, 또는 그런 나 자신이 되기 위해 필요한 것은 내가 정한 방향, 인생 모토가 그 어떤 것에도 흔들리지 않게 밀고 나가는 뚝심이다. 이리저리 휩쓸리다 보면 어중이떠중이 아무것도 아닌 무채색이 되어버린다. 내가 행복하기 위해 정한 '모토'만큼은 꼭 지키리라.

오발탄 인생

일곱 살에도 열일곱 살에도 고민하지 않았다. 하늘에서 이미 정해준 직업처럼 말이다. 꿈이 없는 친구들은 심지어 나를 부러워했다. 하고 싶은 일이 있어서, 확고한 꿈이 있어서 그것만 보고 달려가면 되니까. 어디를 향해 달려야 할지 모를 친구들의 시선은 그랬다.

10년이 지났다. 스물일곱 살의 나는 '오발탄'이 되었다. 너무 일찍 경솔하게 튕겨나가버린 오발탄. 이미 총구는 떠났는데 애초에 조준이 잘못되었던 것이다. 왜 그랬을까. 나는 어떤 객관적인 근거를 가지고 나 자신을 그토록 믿었을까. 많은 것이 정해져버렸다. 손에 쥐어진 붓과 팔레트의 물감은 돌이킬 수 없는 시간 속에서 굳어버렸다.

그럼에도 불구하고 생각한다. '어디로 튈지 모르니까 희망적이야. 붓과 물감은 어쩔 수 없어도 아직 하얀 도화지가 있으니 괜찮아.' 그래, 괜찮다. 다만 늙은 태아를 품느라 마음 졸이는 가족들에게 미안한 마음을 이겨내기가 좀처럼 쉽지 않다.

시시한 인간

자기 반성을 할 줄 아는 인간이 되고 싶다. 내가 나를 마주 보고 서서 객관적으로 평가하고, 지난일을 반추하여 실수를 줄이고 싶다. 나는 나를 사랑하지 않는 실수를 저지르고 있다. 반복하고 반복한다. 이런 나를 가여워하는 당신들이 있다. 시간이 해결해줄까, 사람이 해결해줄까. 내가 풀어야 하는 숙제일 터다.

시시한 인간이 되지 말자고 다짐한다. 눈에 보이는 껍데기와 당장 눈앞에 놓인 실리만 쫓는 인간이 되지 말아야겠다고. 자기만의 굳은 신념과 철학이 자칫 아집이 되어 '꼰대' 소리 듣지 않게끔 늘 반성의 태도를 지녀야 한다.

아무리 '옳은 일'도 '좋은 일' 앞에 무너지는 세상이다. 옳아서 좋은 것이 아니라 좋아서 옳다고 이야기한다. 옳음의 기준까지도 혼동하는 세상에서 나의 '옳음'에 대해 고찰한다. 그래, 역시 시시한 인간이 되지 말자.

우연히

몇 차례 '우연'이 만들어놓은 지금의 일들이 가끔은 너무도 신기할 때가 있다. 왜 하필 내 친구는 그 자리에 앉아서 우리가 15년째 친구인지. 왜 하필 그날, 그 서점에, 그 시간에, 그 코너에 있어서 우리가 사랑에 빠졌는지.

우리를 그 시간과 장소에 데려다놓은 것은 운명의 장난 같은 것일까. 그렇다면 내가 앞으로 마주하는 모든 '우연' 속에는 인연이 되기 위한 필연이 숨어 있는 것일까. 모든 일에는 이유가 있고, 자신에게 유리한 방향으로 흘러가고 있음을 잊지 말아야 한다.

좋은 사람을 곁에 두고 싶다면 내가 먼저 좋은 사람이 되어야 하는데, 애쓰지 않아도 나를 갈고닦는 데 정성을 쏟다 보면 자연스레 그에 걸맞은 사람들과 함께 있으리라. '우연', 그것 역시 내 인생에 내가 만들어놓는 하나의 지도 같은 것이다.

사랑한다는 걸 어떻게 알까요?

'내가 누군가를 사랑한다는 걸 어떻게 알까?' 고민했다. 사랑하는 사람에게 목숨을 내어줄 수 있다면…. 죽어서 끝나는 것보다 나의 두 눈을 내어줄 수 있는 것, 그것이 사랑이라고 극단의 생각을 했다.

나는 또다시 극단의 생각을 했다. 사소한 일에도 그 사람이 떠오르면 사랑이라 말할 수 있겠다고. 맛있는 음식을 먹으면, 좋은 장소에 가면, 기분 좋은 향기를 맡으면, 그 모든 것에 함께 하고 싶은 사람, 그런 사람을 사랑이라 할 수 있겠다고 중얼거렸다.

사랑타령을 하다 며칠 전 바질 씨앗을 심은 화분을 보았다. 연두색 티끌들이 힘겹게 흙 사이로 목을 빼고 있었다. 생의 의지, 생의 소중함에서 다시 한번 사랑을 느낀다. 살아 있는 것만으로도, 그래서 내 곁에 있어주는 것만으로도 사랑이리라.

겁쟁이의 사랑

“사랑, 절대로 하지 마. 정말로 안 하겠다고 결심하고 버텨봐. 그래도 무언가 사랑하고 있을걸?”

좋아하는 영화의 애정하는 대사다. 그 무엇도 사랑하지 않으리라 마음의 빗장을 걸어잠그고 단속을 해보아도 내 마음은 어딘가로 향해버린다. 사람이든 사물이든 동물이든 말이다.

어딘가로 지향하는 마음은 막을 수가 없다. 잡고 꼭 붙잡아도 마치 두더지 잡기 게임처럼 어디에서 솟아날지 알 수가 없는 노릇이다. 오늘도 역시 사랑을 절제하는 연습을 한다. 너무 커져버린 마음을 내가 감당해내지 못할까 봐.

눈에 밟히는 예쁜 학생들, 졸업하면 이 순간 돌아오지 않으니. 사랑하는 아이들에게, 그리고 당신들에게 나에겐 너무 큰 사랑이 짐이 되어 무겁다고, 도리어 내려놓겠다고 할 수 있으니. 아, 나는 사랑 앞에 겁쟁이가 되어버린다.

치사한 시간과 지나간 사랑

누구보다 특별하게 느껴지던 사람이 그저 '키 큰 남자' 또는 '그때 그 연하' '아, 그 눈 큰 여자'로만 기억되는 순간이 온다. 지난일이란 다 그런 것이다. 지나고 나면 한때의 그 특별함도 애틋함도 '아무런 것'이 된다.

세상에서 나 혼자만 가진 거울로 그 사람을 바라보는 것 같지만, 그렇게 시간이 지나면 아주 평범한 시선으로 그 사람을 다시 만나게 된다. 어쩌면 그때 내가 바라봤던 그 시선으로 정지된 모습일지도 모르겠다.

나도 누군가에게 그 당시의 정지된 모습으로 기억되고 있을 것이다. 그들이 붙인 나의 수식어는 무엇일까, 문득 궁금해졌다. 내면 깊이 서로를 알아가던 우리가 시간이 지나면서 생김새, 나이, 사는 곳, 눈에 띄는 특이점 같은 것으로 지칭된다는 것은 참 치사하다. 시간이 치사한 걸까, 인간이 치사한 걸까.

이유 없이 하는 것

가을바람을 흉내 낼 수 있는 것은 아무것도 없다. 선풍기도 에어컨도 붉은 가을에 불어오는 선선한 바람을 베낄 수는 없다. 하루하루가 소중한 이 가을날, 나는 소중하지 않은 사람들에게 시간과 감정을 쏟고 있다.

내 마음처럼 간수하기 힘든 것은 없다. 살다 보면 마음처럼 되지 않는 일이 더 많다. 마음은 쏟으면 쏟을수록 손아귀를 벗어나는 모래알 같다. 도대체 왜 사랑을 하며 사는 거냐고 당신에게 물었다.

"살면서 정말 중요한 것 중에서 내가 왜 하는지 알고 하는 건 없어."라는 대답이 돌아왔다. 우리는 정작 왜 하는지도 모르는 중요한 일들을 해내고 있다.

마음이 시끄럽고 진정하기 어려우니 곧 언행에서 드러난다. 나는 여전히 준비가 덜 되었다고 생각한다. 내가 나부터 사랑해야 이름 모를 당신도 나를 사랑할 수 있을 테니 말이다.

우물을 벗어난 개구리

작은 우물 안에서 힘차게 울기만 하던 때가 있었다. 내가 나의 울음소리에 질려 더 깊이 땅을 파지 못했다. 어른들은 한 우물만 파라고, 또는 네가 책을 쓴 건 아무래도 잘못된 일이었다고 손사래를 쳤다. 책을 쓰지 않고 한 우물만 팠다면, 나는 그들이 원하는 자리에 앉아 행복했을까. 나는 오히려 우물을 나와서 많이 느낀다. 세상의 다양성을, 내가 보고 느낄 수 있는 것들의 가치를.

인생을 살아가면서 세워둔 가치관이나 기준은 저마다 다르다. 정답은 없다. 자본주의 사회에 살면서 '부'에 욕심이 없다면 그것도 거짓이다. 오늘도 고민했다. 배고프지 않으면서 내가 잘하는 일을 즐겁게 하고, 그 수익을 남들과 나눌 수 있는 방법을.

꽃 선물

남의 일에는 유독 냉철하고 내 사람이 상처받았을까 걱정한다. 반면 나의 일에는 사고력과 판단력이 흐려지며 누가 가당치도 않게 터무니없는 말을 뱉어도 그저 죄송하다고 고개 숙인다. 당신은 이런 내 모습에 많이 속상해했다.

나는 누군가에게 묻지 않고 꽃 선물을 했다. 가을에 피어나는 아름다운 국화였다. 내가 떠나고 그 국화꽃은 먼지 가득한 책상의 맨 아래 서랍에 처박혔다. 눈에 보이는 것조차 싫어 쓰레기 봉투에도 넣지 못했으리라.

그는 이야기했다. "꽃 선물, 꽃다발을 보면 예쁘고 잘생긴 사람들의 목을 잘라 포름알데히드로 보존 처리를 한 후 보기 좋게 포장한 것 같아 보여요. 왜 묻지도 않고 이런 선물을 하셨죠?" 나는 곧바로 미안하다고 사과했다. 하지만 이 이야기를 곁에서 들은 당신은 나에게 말했다.

“그 사람, 건강하지 않은 것 같아. 꽃 자체가 예뻐서, 꽃의 실용성이 있어서가 아니잖아. 그를 위해 꽃을 고르고, 목적지까지 꽃잎 하나 떨어질세라 조심조심, 받는 사람이 행복해할 그 순간을 선물하는 것인데. 꽃 알레르기가 아닌 이상 그 사실 그대로 상대에게 전하는 것은 적어도 마음이 귀한 사람은 아니야. 선한 사람이 아니야. 건강하지 않아.” 당신에게 이 말을 듣는 내내 나는 그에게 건넨 사과를 다시 가져오고 싶었다.

마음 스트레칭

‘인간이 가장 두려워하는 것은 타인의 생각이 아닐까.’ 알게 모르게 타인의 시선을 의식하고 다른 사람 말에 신경 쓰지 않는 듯하지만, 그에 웃고 운다. 정신과 레지던트로 일하는 친구가 말했다. 나이 들수록 대화가, 상담이 힘들다고, 치료가 필요해서 병원을 찾지만 본인만의 세계가 굳어질 대로 굳어져 벽이 두껍다고. 아집이다. 아집이 생겨 한 살 한 살 나이 들 때마다 딱딱하게 굳어간다.

말랑말랑한 어른이 되고 싶다. 헐렁헐렁이 아니라 강단 있되 유연한 사람 말이다. 이상하게도 나이가 들면 ‘인정’하는 능력이 줄어든다. 아이였을 때는 곧잘 인정했는데. 나의 잘못이나 나와 다른 상대의 의견, 다른 이의 감정까지도. 나 몰래 내가 굳어지기 전에 마음 스트레칭을 해야겠다.

할머니의 편애

할머니가 손녀 손자에게 살쪘다고 하면 정말 살이 많이 찐 거라고 하더라. 오늘 할머니는 내게 살이 많이 쪘으니 뱃살 빼는 방법을 가르쳐주겠다고 하셨다. 그런 할머니께 "할머니! 살이 쪄도 할머니 손녀, 살이 빠져도 할머니 손녀예요. 있는 그대로 할머니 손녀로 봐주세요. 할머니 손녀 이만큼 건강하면 됐지." 하며 할머니 젖무덤에 포옥 안겼다.

그래도 우리 손녀가 더 예쁘면 더 좋다는 할머니. 나는 할머니 마음을 조금은 이해했다. 당신 눈보다는 밖에서 만나는 사람들에게 나쁜 소리 듣지 말았으면 하시는 마음, 기왕이면 예쁘다는 소리 들었으면 하시는 마음. 그런 마음은 이해하지만 외모로 나의 가치를 평가받기보다 바른 인성, 마음가짐, 내면의 깊이, 배려심, 마음자리 같은 것이 예쁘다는 이야기가 더 큰 칭찬으로 다가온다.

가장 행복한 순간

살면서 가장 행복할 때가 언제였는지 가끔 주변 사람들에게 물어본다. 대답을 들어보면 신기하게도 작고 사소한 일에서 행복을 느낀다고 했다. 비싼 물건이나 자극적이고 강력한 순간보다 사소하지만 긴 시간 속에 행복이 녹아 있었다. 나는 열한 살 무렵 좋아하지도 않는 영어 학원을 억지로 다녔다. 그 무렵 영어 학원계의 최고봉은 단연 윤선생 영어학원이었다. 하교 후 제 몸집만 한 책가방을 메고 쫄래쫄래 학원에 뛰어가 잘 모르는 알파벳을 혀로 굴려가며 집중하는 척했다. 하지만 머릿속은 온통 학원을 마치고 들를 구멍가게의 불량식품뿐이었다. 지루한 수업 시간을 견디는 방법은 살짝 졸면서 그저 시간을 흘려보내는 것뿐이라는 걸 이미 알고 있었다. 좋은 일이 생기면 있는 그대로 기뻐할 줄 아는 그 시절의 순수한 나를 다시 찾을 수 있을까. 지금 누군가 "당신의 인생에서 가장 행복한 때는 언제였나요?"라고 물어오면 단연 "열 살 무렵 윤선생 영어학원을 다닐 때인데요."라고 대답할 것이다. 어느 날 수업 중에 똑똑 노크와 함께 문이 열리고 학원 안내 데스크 선생님이 들어왔다. “현녕아, 지금 바로 책가방 챙겨서 내려와. 부모님 오셨다.” 그 한마디가 망해가는 세상을 구하는 장군의 한마디보다 크고 값졌다.

싱글벙글 웃음을 숨기지 못하고 삐죽이는 입꼬리를 훤히 드러낸 채 학원을 나섰다. 엄마가 보조석에 앉아서 창문을 내리곤 얼른 차에 타라고 손짓했다. 회사에 계셔야 할 아빠는 운전석에서 비장한 웃음을 지어 보였다. 뒷좌석에 탄 여섯 살 동생은 “누나야, 우리 어디 가게?”라며 상기되어 있었다. 아무리 생각해도 의아했다. 평일 낮 시간에 우리 가족이 모두 모여 어디에 가는 걸까. 그토록 듣기 싫은 학원 수업도 부모님이 오시면 이렇게 아무 탈 없이 뛰쳐나올 수 있는 거구나.

“아빠 우리 어디 가?”

“녕아, 놀이동산 가자. 통도판타지아!”

우와!!! 하늘을 날아갈 듯이 좋았다. 살면서 그때만큼 환희에 가득 찬 적이 있었나? 부모님이 학원 앞에 오신 것, 학원을 빼먹은 것, 놀이동산에 가는 것. 이런 사실 외에 다른 이면의 이유를 따지지 않고 그대로를 받아들이며 기뻐한 적이 있었나. 지금의 나였다면 '집에 무슨 일이 있는 걸까?'부터 '아빠는 오늘 회사에서 잘린 걸까?' '그런데 학원 빠지면 다음 수업 진도를 따라갈 수 있나?'까지 그 이면과 이후의 모든 일에 신경 쓰며 그 순간을 제대로 누리지 못했을 것이다.

좋은 일이 생기면 있는 그대로 받아들이는 순수함이 다시금 살아났으면 좋겠다. 나에게 오는 즐거움이 누군가의 희생에 빗졌을지도 모른다는 생각에 오롯이 기쁨을 누리지 못하는 요즘이다. 굳이 그 이면까지 생각할 필요 없다. 나에게 필요한 기쁨이기에 잘 찾아온 거라 믿고 그대로 누려야 한다.

인생은 온통 무지갯빛이 아니라는 걸 아는 나이가 되어버렸고, 하루가 행복하면 사흘쯤은 무미건조하고 이틀은 끔찍하게도 불행하다는 것쯤은 알아버렸다. 그래서 더욱 그 소중한 하루의 기쁨을 보내버리고 싶지 않다. 혹시 지금 당신에게 좋은 일이 찾아왔는가. 언제 다시 달아날지 모를 그 행복을 있는 그대로 완전히 누리기를, 그 가득 찬 환희로 불행이 찾아올 때까지 온전하게 자신을 지킬 수 있기를.

두려움

당신이 가장 두려워하는 순간은 언제인가. 당신에게 공포의 대상은 무엇인가. 당장 떠오르는 두려움 앞에 선 내 모습을 상상하니 손에 땀이 스민다. 최근 몇 년간 느낀 가장 큰 공포는 공황이 찾아드는 순간이었다. 언제 어떻게 시작될지 모르고, 한번 시작되면 호흡을 가다듬으며 그저 잦아들기만 기다려야 하기 때문이다. 지금은 또 다른 두려움들과 싸우고 있지만 수많은 고통을 마주하며 깨달은 한 가지, '도피'는 어리석다는 것이다. 우리는 피하고 외면한 시간만큼 그 고통이 없어진 줄 알지만, 사실은 숨어 있을 뿐 돌고 돌아 결국 내 앞에 다시 나타난다.

어릴 때는 손바닥에 들어올 정도로 앙증맞은 강아지도 무서워서 기겁을 했다. 요즘 막 친해진 사람들은 "에이, 네가? 설마!"라고 한다. 나는 평생 사람 말고는 움직이는 생물체와 친해지기 어려울 거라 생각했다. 중학교 1학년 때 등굣길 버스 정류장에서 떠돌이 개와 마주친 순간은 가히 역사적인 놀림거리라 할 수 있다.

입김이 폴폴 나오는 겨울 아침, 스타킹 한 장으론 견딜 수 없는 추위에 다리를 부비며 버스를 기다리고 있었다. 같은 방향으로 가는 남중, 남고 학생들도 어색함과 함께 추위를 견디며 정류장을 지켰는데 눈만 마주쳐도 내 볼이 발갛게 달아오르는 동네 오빠가 보였다. 이상한 기류는 금세 우리를 감싸들고 있었다. 동네를 배회하며 먹을 것을 찾아다니던 개 한 마리가 나타난 것이다. 나는 멀리서부터 개의 존재를 알아차린 터라 어찌해야 할지 몰라 얼음이 되었고, 그 개가 점점 가까이 오자 그 조용한 겨울 아침의 정적은 와장창 깨져버렸다.

"와아아악!!!! 엄마아!!!!! 와아아아악! 악!! 엄마악!!!!!"

나는 고래고래 소리를 지르며 주변에 서 있던 학생들 팔과 가방을 붙잡고 혼자 뛰어다니기 시작했다. 그 개는 오랜만에 자기와 놀아주는 사람을 만났다고 착각했는지 한껏 신이 나서 나를 따라다녔다. 당연히 아무도 그 어떤 도움을 주지 못한 채 어이없는 표정으로 나를 쳐다보고 있었다. 서로 얼굴과 학교는 알아도 인사 한번 나눈 적 없는 학생들의 가방에 매달려 한참을 뛰어다니는 중에 다행히 버스가 왔고 버스에 올라타자 모든 일이 마무리되었다. 나는 그 뒤로 다시는 그 시간에 버스를 탈 수 없게 되었고 개에 대한 두려움과 공포는 극에 달했다.

사람은 누구나 공포의 대상이 있다. 나는 평생 개나 고양이 같은 동물 때문에 해외 여행 한번 편하게 못 다닐 거라고 단언했다. 다들 두려움은 쉽게 깨지지 못할 거라고 생각한다. 그런데 지금은 어떤가? 강아지, 고양이라면 사족을 못 쓰는 동물애호가가 되어버렸다. 물론 갑자기 그렇게 되는 일은 없다. 첫사랑과 헤어진 후 무언가 신경을 다른 곳으로 돌려 내 힘으로 온전히 극복해보고 싶은 욕구가 생겼다. 그때 마침 친구 집 강아지가 새끼를 낳았고, 그렇게 우리 집에 온 뿌뿌라는 녀석이 열 살이나 되었다.

우리는 살면서 무언가 직면해 맞닥뜨릴 기회를 얻는다. 그때 돌파할 것인지, 피해 갈 것인지는 나의 선택이다. 직면했다가 제대로 실패를 맛보고 그 두려움이 더 커져버릴 수도 있다. '에이, 하지 말걸. 더 힘들어졌잖아. 다음부터는 그냥 아무것도 하지 않는 게 낫겠어. 나만 상처받았잖아.'라고 마음의 문이 닫혀버릴 수도 있다.

그러나 아마 겪었기에 달라진 점이 분명 있을 거라 생각한다. 변하지 않는 상대에 대한 외침이었다면 '저 사람만큼은 더 이상 내가 어쩔 수 없구나. 피하는 것이 상책이구나.'라는 깨달음을 얻을 것이고, 나 혼자 맞서 싸워야 할 일이라면 그 가능성을 점차 알아가는 계기가 될 거라 믿는다. 어쨌든 아무것도 하지 않으면 절대 아무 일도 일어나지 않으니까. 한 곳에 머물러만 있기에는 아파하는 내가 너무 안쓰러우니까. 이겨내면 가장 좋고, 이겨내지 않아도 한계를 마주해버리면 다른 길이 또 만들어지니까 말이다.

자살/밤

1. 자살

포털사이트에 '자살'을 검색하면 각 기관에서 24시간 대기하는 상담 전화번호가 주르륵 쏟아진다. 그리고 생명 사랑 캠페인 문구. "당신은 소중한 사람입니다." "포기하지 마세요." 같은 간지러운 말들이 눈에 들어온다. 삶을 포기하는 것은 나쁜 걸까, 생각하게끔 한다. 태어나는 것은 나의 선택이 아닌 터, 죽음만큼은 나의 선택 사항이 될 수 없는 것일까 궁금했다.

과연 나는 내 삶의 주인이라 할 수 있는가? 지난겨울 죽음을 선택한 현수가 생각났다. 그 아이에게 죽음은 유일한 탈출구였을까. 진퇴양난의 상황에서 희망의 도피처였을까. 젊은이의 장례식장에 가본 적이 있는가? 그 오묘한 분위기를 안다면 삶과 죽음이 얼마나 가까이 맞닿아 있는지 피부로 느낄 것이다. 그 아이의 영정 사진 앞에서 나는 자꾸 질문을 던졌다. '지금 넌 거기에서 행복하니? 조금은 괜찮아졌

니? 그럼 됐다. 그럼 여기 남은 사람들도 다 괜찮다.'

포털사이트 검색 결과에 나온 번호 중 하나를 선택해 전화를 걸었다. 수화기 너머에서 상담원이 말했다. "혹시 주변에 누구, 이야기 털어놓을 사람 없어요?" 그리고 "이야기 들어줄 남자친구는 없나요?" 어이없는 질문에는 어이없는 대답이 나오기 마련인지라 허허 웃어버렸다. 타인에게 짐이 되기 싫어 얼굴도 모르는 사람에게 마지막으로 기대보려 했지만 그것마저 짐이 되어버린 꼴이었다.

죽음은 선택 사항이 아닐까, 질문을 다시 떠올려본다. 병마와 싸우는 환우들은 하루라도 더 값지게 살려고 노력한다며 배부른 소리라고 할지도 모른다. 하지만 내 삶의 방식을 어느 하나의 잣대로 비교할 수 없듯이 내 죽음의 가치도 타인의 것과 비교할 수 없는 거라 생각한다.

그럼에도 불구하고 하루하루, 순간순간을 살아가며 죽음과 멀어져야겠다고 깨달은 이유가 있다. 나도 모르게 찾아온 환희의 순간을 기뻐하는 내 모습이 좋고, 나도 모르게 찾아온 갈등의 상황에 울컥하고 눈물 흘리는 나도 좋기 때문이다. 삶은 늘 행복하지만은 않기에 재밌고, 또 늘 불행하지만은 않기에 살아갈 만하다는 것이다. 죽음은 내가 직접 선택할 수 있는 영역이다. 그러나 내 손으로 끝내버리기에는 남은 삶의 여정이 너무도 궁금해서 쉬이 눈감지 못하리라는 결론을 내렸다.

당신 역시 죽고 싶을 만큼 힘들어본 적이 있을 것이다. 그럼에도 불구하고 우리가 서로 살아남아 이렇게 글로 만난다는 것은 앞으로 우리가 열어봐야 할 선물 상자가 가득하다는 것을 암시한다. 마흔, 쉰, 예순… 나이가 들수록 선물 꾸러미 열어가며 자랑할 일들이 가득했으면 좋겠다.

2. 밤

원망도 하고 여전히 많은 고민으로 밤을 보낸다. 와중에 내가 할 수 있는 최선의 행동과 사고를 떠올려본다. 나는 가족의 보호 아래서 다 자란 어른이 되었고 어엿하게 분리된 성인이다. 모두에게 처음인 오늘이고, 모두가 예상하지 못한 채 일이 흘러가도 결국은 나 자신이 가장 먼저라는 걸 인지해야 한다. 누군가에게 묻는다고 답이 나오지 않는다. 해결되지 않는 일을 털어놓는 것 자체가 더 지칠 때도 있다. '분리'가 가장 중요한 핵심이다. 정신적 물리적 거리를 두는 것은 모든 인간 관계의 갈등에서 마스터키 역할을 한다.

조급증/결혼

1. 조급증

천천히 가도 괜찮다. 조급하지 않아도 괜찮다. 빨리 이루고 싶어서 조급해하고, 이 계획을 성공해야 그다음을 향해 나아간다고 스스로 채찍질한다. 문득 빨리 가서 뭐 할래, 라고 물었다. 그렇게 빨리 가서 그다음엔 뭘 할 것인가, 생각해보니 딱히 답이 없었다. 원하는 명예와 부를 원 없이 누릴 수 있나? 하고 싶은 것만 하면서 걱정 없이 살 수 있나? 밥벌이에서 자유로울 수 있나? 천천히 해도 괜찮다. 천천히 가는 과정에서 깨닫는 것이 가장 크리라 믿는다. 이루고 나서 얻는 깨달음보다 그곳까지 도달하는 데서 얻는 경험치가 내 인생의 이력서라 믿는다. 미리 가면 다시 돌아오는 길밖에 없다. 빨리 가면 빨리 사라지는 것밖에 없다. 많이 가지면 없어지는 일밖에 없다. 더 많이 더 빨리는 그만큼 더 빨리 더 많이 잃는 방법인지도 모른다. 천천히, 나를 믿고 조급해하지 않는 것. 그리고 지금 이 과정을 최대한 느끼고 가슴에 담아둘 것. 내가 나를 얼마나 믿고 지지하는지 나 자신에게 이야기해줄 것. 그것이 바로 조급증을 달래는 길이라는 걸 이제야 조금씩 알아차린다.

2. 결혼

당신은 결혼을 하지 않겠다고 선언했다. 애초에 '사랑'을 믿지 않았다. 영화 〈Closer〉에서 나탈리 포트만이 "Where is the love? I can't see it and I can't touch it. I can't feel it. I can hear some words but I can't do anything with your easy words!(사랑이 어디 있어? 볼 수도 만질 수도 느낄 수도 없어. 그냥 몇 마디 말은 들리지만 그렇게 쉬운 말들은 공허할 뿐이야.)"라고 말하는 모습과 당신의 얼굴이 겹쳤다.

당신은 사랑보다는 좋아한다는 표현을 더 빌려 썼다. 왜 결혼하지 않을 것인가에 대해 이야기를 나누었다. 먼저 부모가 될 자격에 대해 말했다. 부모고사에 합격하지 못할 것 같다는 당신의 이야기에 나도 고개를 끄덕였다. 그리고 인간이 이토록 괴로운 동물이라는 걸 알아버린 이상 그 괴로움을 물려줄 수가 없다는 것이 당신과 내가 일치한 지점이었다.

그럼에도 불구하고 나는 곁에 두어 함께 여생을 걸어가고 싶은 사람이 생기면 결혼하고 싶다 말했다. 그런 나에게 "깡 좋네."라며 씁쓸하게 혀를 차는 네 모습에 "그러게."라며 그만 사람 좋은 웃음을 지어버렸다. 그리고 지나가는 듯 던지는 너의 이야기가 너를 이해하는 데 조금은 도움이 되었을까.

"난 상대방의 우연과 가능성을 견딜 자신이 없어."
"어떤 우연과 가능성?"
"개 같은 사람이 되는…. 나 자신의 권태도 두렵고…."

한 사람과 평생을 함께 하는 일에 대해 생각했다. 항구적인 결합 같은 건 어차피 판타지 같은 일일까. 겉으로 드러난 이야기와 속이 너무도 다른 세상에 살면서 우리는 점점 어디로 향하고 있을까. 대체 난 겉의 것에 익숙한가, 속의 것에 익숙한가.

아는 것이 많을수록 두려움만 커진다. 차라리 모를 때 더 용감하고 배포가 컸다. 아는만큼 몸과 마음을 사리게 된다. 한때 사랑이 전부인 양 마음을 내던져 헤어나오지 못할 때가 있었다. 과연 사랑은 눈에 보이지 않는 것일까? 정말 만질 수도 느낄 수도 없는 것일까? 타인이 변할 가능성과 어쩌다 찾아올 우연 속에서 우리가 갖는 신뢰는 얼마나 제 힘을 발휘할 수 있을까. 사랑이 나에게 찾아오면 물어보고 싶다. 우리를 이어준 '우연과 가능성'이 우리 사이를 갈라놓을지도 모를 텐데 우리가 쌓아갈 신뢰는 그것을 얼마나 방어할 수 있을까. 과연 사랑은 몇 마디 말뿐일까. 나는 이름 모를 당신의 답이 너무도 궁금하다.

지갑/시기와 질투

1. 지갑

잘은 몰라도 20년 전에는 '월급봉투'라는 것이 있었다. 지금처럼 모든 것이 전자화되지 않은 시절에는 매달 지폐 한 장 한 장으로 두툼하게 채운 월급봉투를 받았다. 오만원권 지폐도 없던 때다. 만원권으로 돈다발이 되어 한 달간의 땀과 수고를 보상받는 달콤함이 직접 눈에 보이고 손에 잡혔다. 그래서인지 한 푼 한 푼 쓰는 것이 참 소중했고, 지갑에 남은 현금을 보며 한 번 더 씀씀이를 돌아보았다고 한다.

카드가 아닌 현금을 사용했기에 지갑에는 늘 얼마의 현금이 들어 있었다. 요즘은 어떤가. 지갑 모양도 카드지갑이 더 인기를 끌 정도로 간결해졌다. 사람들은 현금보다 카드를 더 선호한다. 거스름돈이 오가는 번거로움도 없고 모바일 기술과 연동하면 언제든 지출 내역을 확인할 수 있으니 얼마나 편리한가. 월급도 카드로 받아서 그 카드를 쓰니 번거로울 게 없다.

사실 그래서 조금 슬프다. 번거로움은 줄었지만 돈의 가치 또는 노동의 대가가 점점 소중하게 여겨지지 않는 느낌을 받는다. 지폐를 받아서 손에 들고 한 장 한 장 쓸 때는 그 돈이 참 커 보였는데, 카드를 태그하면 네모난 화면에 나타나는 액수는 어쩐지 실감이 나지 않는다. 더구나 지문이나 네자리 비밀번호로 1초 만에 결제되는 시스템은 소비 전 한 치의 고민이나 망설임이 오히려 사치라고 부추기는 듯하다.

지갑, 내 지갑은 잡다한 영수증과 신분증 그리고 카드 한 장이 전부다. 어느 유명 커피숍은 아예 현금을 받지 않겠다고 선언했다. 어느 방향이 옳고 그른가의 문제가 아니다. 소비를 부추기는 사회에서 나는 얼마나 현명하고 지혜로운 소비를 할 수 있을까 깊이 생각해본다.

2. 시기와 질투

누군가를 질투해본 경험이 있는가. 다시 질문을 던진다.

당신은 누군가를 시기해본 적이 있는가. 분명 '질투'와 '시기'는 비슷한 듯 다른 느낌이다. 얼마 전 최연소 아나운서로 취직한 동기를 앞에서는 축하하고 뒤에서는 못마땅해한 사건이 이슈가 되었다.

가장 먼저 든 생각은 둘만의 사적인 감정이 있거나 표면적으로 보이는 것들 말고 다른 일이 있어서 일어난 일이 아닐까 하는 거였다. 관계가 원만했다면 친구의 기쁜 일을 뒤에서 욕하지 않을 테니 말이다.

다음에 든 생각은 둘이 어떤 일이 있었고, 어떤 관계든 간에 뒤에서 사람을 욕보이는 일은 눈곱만큼의 가치도 쓸모도 없다는 것이다. 살다 보면 같은 출발선에 있던 친구 또는 나보다 뒤에 있던 친구가 나보다 앞서 가는 경우가 생긴다. 속상할 수도 있다. 배가 아플 수도 있고 그러지 못하는 나 자신을 자책할 수도 있다. 다만 뒤에서 흉볼 거라면 차라리 앞에서 축하해주지 않는 게 낫다.

시간이 지나고 이런저런 사건을 겪어보니 세상에 부러워할 사람도 동정할 사람도 없다는 생각이 든다. 우리는 저마다 가야 할 길이 있고, 가다 보면 기회를 만나는 타이밍 역시 제각기 다르다는 걸 알았다. 그런데 '시기'라는 감정에 무뎌진 대신 사랑하는 이에게 느끼는 질투, 이 녀석은 어쩔 도리를 몰라 답답할 때가 많다. 소중한 이에게 애정과 관심을 갈구하는 욕망은 관뚜껑이 닫힐 때까지 사라지지 않을 것이다. '시기'보다는 '귀여운 질투'를 하며 살고 싶다. 사랑하고 사랑받는 삶이 가끔은 질투에 토라져도, 시기하는 삶보다 행복할 것이라 감히 단언한다.

삶의 자세/경멸

1. 삶의 자세

나는 지금 삶을 즐기고 있다. 이렇게 삶을 즐기기까지는 수많은 시행착오가 있었다. 그중 몇 가지를 소개해볼까 한다. 우선 내가 가장 갈망하는 게 무엇인지 알아내는 데 집중했다. 남과 비교해서 내가 더 나은 것 말고 진짜 내가 갈망하는 것을 알아야 했다. 주변 사람들이 이해하지 못하고 인정해주지 않더라도 내게 최고의 가치를 지녔다면 그걸로 충분한 것. 그 존재를 알아차리는 일이 처음 직면한 문제였다. 내가 갈망하는 것은 단순히 어떤 직업이나 상태가 아니었다. 물음의 꼬리를 물고 따라가니 그 정체는 삶을 대하는 태도 또는 자세였다. 즉 타인의 시선을 크게 의식하지 않고 내가 하고 싶은 대로 용감하게 해나가는 것. 잘하지 못하더라도 도전하고 경험하는 자세. 내가 부당하다 생각하는 일은 그 자리에서 논리적으로 표현하는 것 등 내가 갈망하는 것들을 한데 정리해두었다.

그다음은 그중 내가 손에 넣을 수 있는 것들을 스트레스 받지 않고 얻는 것이다. 앞서 나열한 삶의 자세 중 천천히 할 수 있는 것들을 몸소 실행에 옮겨보았다. 사소하게는 난생처음 짧은 단발로 바꾸는 것부터 20년 가까이 묵혀둔 속마음을 부모님께 다 표출하며 내 감정을 용감하게 쏟아낸 것까지. 갈망하는 것을 얻을 수 있는 것과 없는 것으로 잘 분류해서 취할 것만 취했다.

본질적으로 이룰 수 없는 것들은 깨끗하게 단념했다. 내 눈이 조금 더 컸다면 어땠을까, 내 다리가 조금 더 길었다면 어땠을까, 운동신경이 조금 더 좋았다면 어땠을까, 암기력이 조금 더 좋았다면 어땠을까, 성격이 이토록 예민하지 않았다면 어땠을까…. 본질적으로 바꿀 수도 없고 이룰 수도 없는 것들이다. 이런 것들에 신경 쓰고 욕심 부리면 스트레스로 돌아올 뿐이다. 깨끗하게 단념하고 생각하지 않는 것이 가장 바람직하다고 생각한다. 가질 수 없는 것은 잊어버려야 한다.

2. 경멸

우리는 누구를 그렇게 경멸하며 사는가. 인터넷 세상은 온통 경멸이 넘쳐난다. 생김새를 경멸하고 취향을 경멸하고 존재 자체를 경멸한다. 여자라서 경멸하고 남자라서 경멸하는 세상. 경멸의 필요와 효용에 대해 생각한다. 우리는 왜 그토록 무언가를 미워하는가. 왜 그토록 무시해야만 하는가. 왜 누군가를 짓밟아 나쁜 말로 뒤범벅해야만 속이 시원해지는가다. 그 결과는 누구에게 이로운 것일까. 누군가를 미워하는 일에 드는 에너지는 우리가 상상하는 정도 이상이라고 한다. 그런 에너지를 들여서라도 누군가를 무시하고 업신여겨야 하는 이유는 어디에 있을까.

상대를 시소 반대편에 앉히고, 시소가 내려가는지 올라가는지를 따지는 세상이다. 나보다 상대가 가벼워서 시소가 올라가버리면 그때부터 경멸은 시작된다. 올라가버린 시소가 '이제부터 저 사람을 무시하고 깎아내려도 괜찮습니다.'

라는 승인 신호 같기도 하다. 그렇게 우리는 사람과 사람 사이에 등가 기호를 놓고 누가 더 가볍고 무거운가를 따진다. 갑질 고객이나 업주의 갑질 그리고 이 세상에 무수히 존재하는 직업 비하, 외모 비하가 다 이 시소놀음에서 시작된 것 아닐까.

이제 우리는 시소에서 내려야 한다. 서로 간의 저울질을 그만두어야 한다. 상대에게 주는 잔혹한 경멸은 자존감 도둑이라는 무시무시한 괴물을 만들어낸다. 우리는 누군가의 자존감을 훔칠 권리가 없다. 있는 그대로 서로를 인정할 때 경멸은 사라지고 존재 자체를 바라볼 수 있지 않을까. 있는 그대로 바라보기가 힘들 땐 그저 눈 감아버리면 그만이다. 그냥 스쳐 지나가버리면 그만이다. 경멸에 쓰이는 에너지를 자신에게 돌려 좋은 것을 바라보는 데 써야 한다. 사전에서 경멸이라는 단어가 사라지는 날이 오기를, 비하라는 단어가 사라지는 날이 오기를 바라고 또 바란다.

파편

1. 예상하지 못한 일은 아니었다. 어느 정도 감수하고 시작한 일이지만 오지 말아야 할 것이 눈앞에 닥쳤을 땐 적잖이 당황하고 우물쭈물할 수밖에 없었다. 어떤 일인가에 따라 눈물이 왈칵 터져나오기도 했다. 그런 일들이 조금씩 반복되면서 안 좋은 습관이 생겼다. 무엇이든 늘 최악의 상황을 고려하기 시작한 것이다. 생각만 해도 두렵고 끔찍하지만 늘 최악을 염두에 두어야 했다. 그래야만 단 1퍼센트의 가능성이라도 최악이 닥쳤을 때 그나마 평정심을 찾을 수 있었다. 분명 연습이 필요하다. 최악을 생각할수록 미리 준비할 수 있는 것이 많아지고 마음가짐도 달라진다.

2. 한계를 치닫는 일이 생기면 구구절절 말하고 싶지도 않다. 안색이 너무 흐리면 누군가 물어오기도 한다. 사실대로 털어놓으면 듣는 사람들은 답부터 내려주려고 한다. 사실 내가 듣고 싶은 답이 있기도 하지만, 나를 위한다는 누군가의 답이 가슴을 찌를 때도 있다. 요샛말로 '답정너'라지만,

괜찮은 모습만 보여주고 싶은 내 욕심에 억지로 모두 다 좋아졌다고 말한다.

3. 초록은 동색. 유유상종, 끼리끼리 만난다는 의미. 분명히 일리 있는 말이다. 취향이나 관심사가 비슷한 사람들끼리 친해지고 함께 어울린다. 여기에 늘 조심해야 할 오류가 있다. 우리는 한 사람만 보고 그 주위 친구들을 하나로 재단하는 일 또는 무리를 보고 그 속의 한 사람을 판단하는 데 너무도 익숙하다. 우리는 이미 많은 선입견과 색안경을 끼고 살아간다. 일반화의 오류를 범하는 그 색안경으로 얼마나 많은 기회를 놓치고 살아왔을까. 아니, 오히려 나쁜 상황들을 피해온 것일까. 초록은 동색, 저 멀리 보이는 산은 같은 초록색으로 빼곡하다. 그런데 나무 한 그루 한 그루 가까이 살펴보면 나무마다 다 다르다. 색은 비슷하지만 잎 모양과 줄기 모양은 제각각이다. 같은 무리에 있는 사람들을 본다. 스타일, 말투, 성향이 비슷하다. 그중 한 명 한 명

을 겪어보았는가. 초록은 동색(同色)이지만 다색(多色)이라고 새긴다.

4. 도시를 조금만 벗어나도 산과 들이 드넓게 펼쳐져 있다. 가을날 노랗게 물든 밭 그리고 허공에 나는 새 한 마리가 눈에 들어온다. 낮은 산언덕 그리고 작은 초등학교, 천천히 움직이는 트럭. 봄기운 받으며 연둣빛이 쨍했던 벼들이 노랗게 변해갈 때쯤 부산을 떠난다. 콘크리트 벽으로 둘러싸인 닭장 같은 곳에서 많은 사람이 몸과 마음을 부비며 사는 데 지칠 때쯤 우리는 떠나야 한다. 더 지쳐서 떠날 힘조차 없어지기 전에 문밖을 나서야 한다. 지치는 밤, 지쳐 잠드는 새벽. 밤새 꺼지지 않는 밝은 빛에 잠 못 드는 밤에서 벗어나야 한다. 조금만 벗어나도 흙을 밟을 수 있고 그 생기 안에서 우리는 조금의 위로를 얻고 돌아올 수 있다.

5. 양심에 어긋나는 일은 그 누가 질타하지 않아도 자기

마음속에 가장 큰 죄의식으로 남아 있다고 믿는다. 아닌 척 하지만 자기 자신이 가장 잘 알고 있을 것이다. 이기적인 망각으로 잊으려 해도 내 양심에 까맣게 타오른 일은 오래도록 기억에 남는다. 초등학교 때 문방구에서 사탕 훔친 일, 엄마 지갑을 뒤진 일, 진실이 뻔히 보이는데 얼굴색 바꿔가며 거짓말한 일 등 나 자신에게 실망한 기억들이 가끔 나를 괴롭힌다. 양심은 눈에 보이지 않지만 그 자체로 큰 형벌이 된다. 까만 양심을 하얗게 지워가려면 당사자에게 고백하고 용서를 받아야 한다. 그럴 수 없다면 자기 자신에게라도 솔직해져야 한다. 나를 속이는 일은 더 까만 시궁창의 양심을 만드는 것임을 잊지 말아야 한다.

오지랖

1. 마음이 편안해지길 바란다. 우리는 육체의 피로보다 정신의 피로에 더 취약하다. 무엇이 날 고민하게 만드는가. 무엇이 내 마음을 요동치게 하는가. 날 저물도록 은근한 긴장감이 나를 감싸고 있다. 나는 차분해지는 방법을 잘 안다. 정신승리랄 수도 있다. 사실 나는 아무것도 아닌 존재다. 내 말과 행동이 이 세상에 그리 큰 영향을 미치지도 않는다. 부정적으로 보는 시선이 아니라 좀 더 넓게 멀리 보는 것이다. 당장 이런저런 일로 죽을 것 같아도 내가 정확한 시기에 할 수 있는 일을 했다면 그걸로 생각을 버려야 한다. 이 광활한 우주에서 나는 먼지만큼 미미하며, 사람들은 내 실수나 잘못에 그리고 잘못된 선택과 관계에 오래 관심 갖지 않는다. 그때그때 할 수 있는 선의를 다하고, 그 후에는 생각을 하지 말아야 한다. 정신의 피로를 덜어내야 한다. 지금을 위해, 지금이 쌓이고 모여서 이룰 미래의 나를 위해.

2. 내가 아는 당신은 낯선 사람과 대화하는 것을 두려워

했다. 정반대의 성격을 가진 나와 함께 다닐 때면 이해하지 못하는 표정과 함께 그 자리를 불편해하기도 했다. 함께 엘리베이터를 탄 날이었다. 고사리 같은 손으로 엄마 옷자락을 잡은 꼬마아이와 눈이 마주쳤다. 나는 "안녕하세요?" 하고 인사했다. 꼬마의 어머니는 "안녕하세요, 해야지."라고 했고, 꼬마는 동그란 눈동자를 나에게서 떼지 못했다. 나는 마침 병원을 다녀오는 길이라 데스크에서 몇 개 집어 온 사탕이 가방에 있었다. 딸기 맛, 포도 맛 사탕 두 개를 아이에게 내밀며 "무슨 맛 먹을래요?"라고 했다. 꼬마는 딸기 맛을 수줍게 골라서 고개를 살짝 숙인 뒤 엄마를 쫄쫄 따라갔다.

엘리베이터에서 내린 뒤 당신은 불편함과 신기함이 공존하는 표정을 띠며 물었다. "너는 참 대단하다. 왜 모르는 아이한테 불필요한 말을 해?" 그 말을 듣고 지금까지의 내 행동이 누군가에게 충격적이라는 사실에 놀랐다. 나의 시선과 관심이 아이는 물론 그 아이의 어머니도 불편하게 만들 수 있다는 생각을 했다. 나의 선의가 불편하고 어색한 것이 될 거라는 생각을 못 하고 살아온 내가 참 바보 같았다. 지하철에서도 옆에 앉은 할머니와 대화가 시작되면 그 집 손자 손녀 직업까지 다 듣곤 했는데 말이다. 사람은 다양하고 자라온 환경도 다 달라서 무엇이 맞고 틀리다 할 수 없지만, 내가 그동안 만난 낯선 이에게 된통 욕먹지 않은 걸 다행이라 해야 할까.

아파트 엘리베이터에서 여러 번 만난 8층 남자아이가 생각난다. 태권도 도복 차림에 보조 가방에는 늘 책이 여러 권 들어 있었다. 예의 바르게 인사하는 아이에게 이름 대신 어떤 어른이 되고 싶은지 물었는데 그 아이의 대답이 떠오를 때면 그 순수를 되찾고 싶다 생각한다.

일주일에 서너 번 학교에서 만나는 중학생 제자들은 공

무원이 최고의 직업이라 말한다. 가엾기도 하고 그 나이에 현실을 바라볼 줄 아는 눈이 대견할 때도 있다. 그런데 우리 아파트의 그 아이는 말했다. "저는 중국 소림사에 갈 거예요. 거기서 무술을 단련할 거예요. 그리고 세계 최고의 무술가가 되어서 이 세상 범죄자들을 다 처단할 거예요."

나의 오지랖이 누군가에겐 불편할 때도 있겠지. 그래도 나는 아이들을 만나면 더 많이 인사하고 자신을 표현하게끔 질문하고 싶다. 자기가 어떤 것을 좋아하고 싫어하는지 알았으면 좋겠다. 현실과 타협하지 않아도 좋으니 우유부단에서 벗어나 자기 자신에게 집중할 수 있는 어른이 되었으면 좋겠다. 이런 나의 오지랖을 그들은 기억할 수 없겠지만 말이다.

중요성

1. 내가 지나온 과거를 살고 있는 많은 이를 본다. 분명 내가 겪어온 상황이지만 받아들이는 마음가짐은 모두 달라 보였다. 나는 쉽게 불안에 떨었고 인생의 낙오자가 될까 봐 전전긍긍했다. 벼랑 끝에 서 있어서 누가 한마디라도 걸면 뚝, 하고 떨어질 것만 같은 나날이었다. 그런데 오늘 만난 그녀는 참 대차고 용기 있었다. 요즘 힘들지 않냐는 나의 염려에 "하는 데까지 해보고, 그래도 안 되면 다른 거 하면 되죠." 하고 머쓱한 듯 웃으며 대답하는 그 배포가 얼마나 부러웠는지 모른다. 나였다면 온 신경이 한 곳에 쓰여 마음 크기도 간장 종지만 해졌을 텐데 싶었다.

물론 그녀라고 왜 겁이 나지 않겠는가. 겉모습과 다르게 속은 애타고 있을지도 모른다. 조금의 불안은 늘 그렇듯 인간을 앞으로 나아가게 만드니 말이다. 그럼에도 불구하고 그녀의 겸허한 태도와 여유로움은 보는 사람을 마음 편하게 만든다. 이제 나는 전혀 다른 상황에 놓여 있지만 그녀의 태도에서 깊은 영감을 받았다. 어쩌면 사람 사이에 가장 필요한 자세일지도 모른다. 관계에서 나 혼자 속이 타고 답답할 때는 내가 할 수 있는 행동을 취하고 내 뜻을 모두 전달하는 것이다. 타이밍도 분명 존재한다. 기다려야만 할 때가 있다는 것도 잘 안다. 하지만 '때'라는 건 내가 결정하는 것이기도 하다. 할 수 있는 만큼 해보고 안 되면 놓아버리는 것이다. 지금 내게 가장 필요한 '결단력'을 나의 과거에서, 그리고 그녀에게서 찾은 하루다.

2. 내 인생에서 가장 중요한 것들을 떠올렸다. 아무 일도 일어나지 않는 시간에 대한 감사함 그리고 권태를 견딜 수 있는 힘. 지금의 초라함이 언젠가 나를 일으키는 위대함이 될 거라는 믿음. '언젠가'라는 미래는 닿을 수 없는 지평선 끝의 존재라 생각한다. 실체 없는 신기루이기도 하다. '미래'는 인간이 만들어낸 허상일 뿐 사실상 존재하는 것은 과거밖에 없다. 인간은 '지금 당장'을 인지할 수 있다고 착각하지

만 '지금 이 순간'이라고 머리에서 언어를 만드는 것조차 이미 과거가 되어버린 것은 부정할 수 없다.

이미 지나온 시간은 힘이 없고, 다가올 시간도 내 손에 잡히지 않으니 찰나의 순간으로 과거가 되어버리는 그 모든 것 속에 녹아들어야 한다. 우리는 자꾸만 새로운 것을 탐한다. 자극을 원하고 또 원한다. 한가로운 주말이면 나의 오감을 채워줄 장소와 음식을 찾고 사람을 만난다. 그렇게 자극이 모여 피로를 누적시키는 것이다. 그렇기에 우리에게는 권태가 필요하다. 한없이 늘어지고 가만히 있어도 어색하지 않은 그 상태에 적응할 수 있어야 한다. 그 시간을 호젓하게 보낼 줄 아는 것이 나를 일으키는 힘이 될 거라 믿는다.

실수와 예민함

1. 살면서 실수 안 하는 사람이 어디 있겠는가. 또 누구는 실수를 하고 싶어서 하겠는가. 그 순간 나도 모르게 벌어지고 마는 게 실수인데 말이다. 나의 실수로 누군가에게 폐라도 끼치면 그게 또 얼마나 미안한가. 결국 그런 민망함까지 내 몫인데, 그렇게 잘 알면서도 상대방의 실수 하나에 화가 잔뜩 나서 답답해하는 내 모습이 유치하고 어리석다. '만약 나였으면 저런 실수는 안 하지. 그거 하나 제대로 확인 못 해서 이런 실수를 해? 이해할 수가 없네. 얼마나 무신경할까.' 라는 생각으로 부글부글 끓어오를 때가 있었다. 나아가 그 실수와 직접 관련되지 않은 일까지 갖다붙이기 시작했다.

좋은 감정으로 만나는 사람이 있었다. 우리는 영화를 보기로 했고 그가 영화표를 예매해 오기로 했다. 영화가 시작되기 전에 광고가 나오고, 스르르 불이 꺼졌다. 그런데 갑자기 어둠 속에서 내 어깨를 톡톡 치는 사람들이 있었다. "여기 저희 자린데 표 확인해보시겠어요?" 작은 목소리로 물어

오기에 서둘러 영화표를 꺼내 확인했다. J열 7번, 8번이 맞아서 그들에게 당당히 표를 내밀었다. 그들이 조용히 말했다. "내일 영화네요." "네? 그럴 리가…." 하며 표를 봤더니 정말 내일 날짜가 선명했다.

민망함에 얼굴이 붉어져 조금은 상기된 얼굴로 영화관을 빠져나왔다. 물론 그때 일로 우리가 연인이 되지 못한 것은 아니지만, 그 덤벙거리는 모습에 이성적 매력을 잃은 건 사실이었다. 지금 와서 생각하니 참 어리고 생각이 짧았다. 아니, 내가 그 사람에게 호감이 정말 크지 않아서였을까. 내 마음이 넓지 못해서였을까. 언제든지 그 실수를 내가 똑같이 저지를 수 있다고 생각해야 한다. 사람은 누구나 실수를 하며 살고, 의도한 것이 아니라면 '그럴 수도 있는 일'이니 말이다.

2. "입에서 나온다고 다 말이 아니다."라는 다소 과격한

문장을 너무나 사랑한다. 가끔 상대가 하는 말의 행간을 짚어내느라 혼돈 상태에 빠지기도 한다. 아무 의도 없이, 생각나는 대로, 좋은 뜻에서 이야기한다 하더라도 상대가 기분이 상했다면 문제가 될 수 있다고 생각한다. 모든 소통은 받아들이는 사람의 감정도 고려되어야 하기 때문이다. 가끔 "네가 너무 예민한 거 아니야?"라는 소개를 들을 때도 있다.

'예민함'은 흠일까? 나는 예민하기에 남의 친절을 빠르게 알아차리고, 예민하기에 상대에게 더 조심해서 말을 건넨다. 반대로 예민하기에 상처받고 숨어버린 적도 많다. 조소 섞인 그 한마디, "글 써서 한 달에 30만 원은 버니?" 웃으며 대처할 줄 모르고 말로 되받아칠 힘도 없어서 그대로 그 말에 눌려 곤두박질쳤다. '글 쓰는 일이 얼마나 힘든데! 당신이 알기나 해?'라는 마음이 번져서 곧 나를 갉아먹기도 했다.

내가 그때 무슨 말을 했어야 할까. 웃으며 넘기지 말고 똑같이 상처 주는 말을 했어야 하나, 오래 고민했다. 그러다 문득 이런 생각이 들었다. 말의 힘, 미소의 힘. 나의 내면부터 잘 다져지면 그 속에서 나오는 말들이 나를 저절로 지켜주지 않을까. 뒤죽박죽 나오는 말을 집어넣고 굳이 꾸미려 하지 않으며 입장을 이야기한다. 이러한 부드러움은 내 입장을 강단 있게 표현하는 데 큰 힘이 될 것이다. 우리는 강하되 배려할 줄 아는 사람이 되어서 말의 힘과 무게를 올바르게 사용해야 한다.

조용한 삶

1. 행복한 인생이란 대개는 조용한 인생이다. 가끔은 아무 일도 일어나지 않는 일상에 감사해야 한다. 영화와 음악 그리고 책은 좋은 자극이 된다. 음악을 들으면 마음이 편안해지고, 종일 머릿속에 맴도는 문장이 마음을 달래기도 한다. 영화는 시각과 청각을 동시에 자극하니 그 얼마나 짜릿한가. 자극은 삶을 이어가는 데 필수적인 요소일 것이다. 당신은 이러한 모든 자극에서 벗어나본 적이 있는가? 그저 자연 속에서 가만히 하늘을 쳐다보며 권태로운 시간을 보낸 게 언제였는가. 우리는 오히려 자극이 없는 곳에서 깊은 내면의 성장을 이루어낸다. 권태로움의 반대는 즐거움이 아니라 자극이다.

작년 제주에서 두 달을 살았다. 거의 모든 날을 마당에 앉아 가만히 해가 뜨는 걸 보고, 항구에 앉아 해가 지는 걸 보며 지냈다. 영화도 책도 그 어떤 자극과도 떨어져 지낸 시간이었다. 그사이에 난 참 많이 깊어지고 있었다. 나에게 일어난 불행들을 어떻게 받아들여야 할지, 정리하기 힘든 관계들 속에서 어떻게 처신해야 할지 많은 답을 찾을 수 있었다. 사람들은 시끄러운 도시에서 벗어나고 싶어 책 한두 권 가지고 여행을 떠난다. 정작 여행지에선 책을 읽기보다 그 장소, 그 시간에 묻혀 지내다 올 때가 많은데 말이다.

우리는 대부분 경험해보았다. 지난밤의 즐거움이 클수록 아침의 허무와 공허는 더 깊어지기 마련이었다. 우리 삶도 마찬가지일 것이다. 자극이 넘쳐나는 만큼 심신이 황폐해지기 쉽다. 반대로 자극이 너무 적으면 병적인 갈망에 균형을 잃을지도 모른다. 삶의 권태를 견딜 수 있는 힘이 행복한 삶을 만들 수 있으리라 믿는다. 오히려 약간의 결핍은 삶에 필수적이다. 진정한 기쁨과 환희는 조용한 분위기에서 찾아온다.

2. 내가 하는 말과 행동은 흔히 내가 생각하는 만큼 중요

한 것이 아니며 타인에게 큰 영향을 미치지도 않는다. 내가 성공하느냐 실패하느냐 또한 그리 중요한 일이 아니다. 자기 중심적 사고에서 벗어나면 내가 이 세상에서 그리 큰 부분을 차지하지 않는다는 것을 깨닫는다. 이는 많은 것을 내려놓을 줄 알고 비울 줄 아는 마음의 초석이 된다.

청소년기의 특징 중 '상상적 청중'과 '개인적 우화'가 그대로 고착된 사람들이 있다. 그 특징은 대략 이러하다. 많은 사람이 내 행동 하나하나에 집중하고 관심을 가지며, 이 세상 모든 것이 자기 자신을 중심으로 돌아간다고 믿는 것이다. 우리는 지구 안에서도 한낱 티끌만 한 존재인 터, 우주에 비한다면 한 찰나를 살다 가는 것 아닌가. 그렇기에 당장의 성공이나 모든 관계에서 오는 눈치, 불편함보다 순간의 기쁨과 나만이 알고 있는 나의 즐거움을 채워야 한다. 우리가 살아가는 날들은 생각보다 짧고 흐릿하다.

나약함

1. 아무에게나 시간을 할애하면서 체력을 소모하고 싶지 않다. 점점 만나기 꺼려지는 사람들을 피하며 산다. 오만하고 건방진 태도라 말해도 어쩔 수 없다. 그 사람들과 시간을 보내고 돌아와 정신적으로 녹초가 된 내 모습이 가엾기 짝이 없다. 나에게 기본이며 당연하게 지켜야 할 일들을 아무렇지 않게 어기면 서서히 외면하게 된다. 가령 식당에서 마주 앉아 휴대전화를 쥐고 누군가와 끊임없이 메시지를 주고받는 그녀에겐 이렇게 말해야 했다. "야, 친구 만나서 폰으로 다른 사람이랑 그렇게 수다 떨 거면 나를 왜 만났어? 나 먼저 갈게. 메시지 쭉 하다 집에 들어가."

요즘은 내 안에 화가 참 많다. 홧병에 걸리면 약도 없다는데, 어쩌다 인간이라는 개체가 이토록 미워졌을까. 오히려 나 자신을 미워해서 세상 모든 것이 어둡게 보이는 것일까. 아름답고 고운 것만 이야기하기에 인간이 가진 나약함과 가식이 너무도 혐오스럽고, 인간 관계의 부조리함은 말할 것도 없이 허술하다. 상대를 이해하기 위해 "그럴 수도 있지."를 마치 불경처럼 읊조릴 때가 있었다. 네가 그럴 수 있는 것처럼 나도 널 외면할 수 있다는 걸 알았다. 이제는 나를 위해 강하게 이야기한다. '그럴 수 있어, 그럴 수 있는 거야.'

나는 친구와 마주 앉은 식당으로 다시 돌아가도 똑같이 이야기할 것이다. 그리고 '오랜 친구여도 잘 안 맞으면 그럴 수 있지.'라고 나를 다독이며 자리를 떠날 것이다. 서로를 존중할 줄 아는 사람들이 곁에 남았으면 좋겠다. 단 한 사람일지라도 우리의 시간이 서로에게 힘이 되어준다면 열 사람 부럽지 않듯 말이다.

2. 동생이 집을 나갔다. 다행히 행방 묘연한 가출이 아니어서 마음을 쓸어내렸다. 한두 마디 남기고 집을 구해 독립을 했다. 며칠을 귀에 이어폰만 꽂고 있는 녀석과 대화도 할 수 없었다. 말을 걸어도 대답하지 않고 눈도 마주치지 않으

려 했다. 무슨 일이 있는지 걱정되었다. 아니, 사실은 어떤 깊은 상처가 녀석을 괴롭히는지 잘 알기에 걱정이 컸다. 그래서 더 이상 말을 붙일 수 없었다. 우리는 모두 피해자이면서 가해자가 되기도 한다.

어딜 가든 몸보다 마음이 편해야 한다. 녀석은 이곳보다 혼자 있는 공간을 선택했다. 그에 따른 책임도 함께 가져갔지만, 그로 인해 몸은 힘들어도 마음만은 편했으면 좋겠다. 혼자 있는 곳에서는 귀 아프게 이어폰을 꽂지 않았으면 좋겠다. 허겁지겁 빠르게 먹어야 했던 밥도 천천히 소화시키며 먹었으면 좋겠다. 그늘진 얼굴에 화사한 웃음이 자주 드리우면 좋겠다.

우리는 모두 독립적인 개체다. '나' 먼저 생각하는 것이 맞는데 '가족'이라는 이름으로 요구하는 수많은 일에 좌절할 때가 많다. 낳아주셔서 그리고 키워주셔서 감사한 마음과, 마음 다쳐가며 인내하고 희생하는 것은 다른 문제다. 조금 더 행복해질 수 있다. 가장 중요한 것은 '나의 안녕'이라는 것을 잊지 말아야 한다. 그리고 나 아닌 누군가에게 요구하지 말아야 한다. 나의 안녕은 내가 돌보는 것이다. 용기 내서 떠난 내 동생처럼 말이다.

성취

세상을 알아갈수록 자존감이 낮아지는 건 참 희한한 일이다. 똑똑할수록 자존감이 낮아진다는 말이 꽤 설득력 있게 다가온다. '무식이 용감'이라는 말처럼 아무것도 모를 때 오히려 행복할지도 모른다. 당신의 인생에서 가장 중요한 단어 하나를 고르라면 무엇을 선택하겠는가? 나는 단연코 '경험치'를 이야기하고 싶다. 떠오르는 단어가 여럿 있다. 성취감, 성공 경험, 여행, 사랑, 실패 등의 단어도 내 경험 안에서 만들어진 것이기에, 그리고 이 단어를 모두 포괄하는 것이 결국은 '경험'이기에 '경험치'라는 단어를 골랐다.

경험치만큼 중요한 것은 없다. 겪지 않으면 모른다. 물론 된장인지 똥인지 찍어 먹어봐야 아는 것은 미련한 행동이지만 어찌 보면 많은 사람이 된장 맛은 알지만 똥 맛은 모르기에 그것의 가치만큼은 최고로 쳐줄 수 있지 않을까. 겪어보지 않은 것은 함부로 말할 수 없듯 겪은 것만이 지닌 위력이 있다고 믿는다. 살아온 시간과 경험치는 비례하지 않는다.

하지만 그만큼 경험의 기회는 많이도 찾아왔을 것이다. 기회를 놓친 사람에게 질타를 보내는 것이 아니라 사소하게 나를 스치는 모든 경험의 시작점을 잡을 수 있다면 손 내밀어 보자는 말을 전하고 싶다.

일어나지 않은 일에 대해 아는 사람은 그 누구도 없다. 수많은 확률을 따져서 예측하지만 백 퍼센트 맞는 경우는 없으니 말이다. 경험치를 높이면 내 안의 계산기가 더 견고해지면서 앞으로 닥칠 일 앞에 더 좋은 방안을 내놓을 것이다. 그러므로 우리는 더 많이 부딪히고 겪어야 한다.

이것저것 경험하는 것이 중요하다. 이것저것 먹어봐야 맛없는 음식을 골라낼 수 있는 것과 같다. 혹자는 나에게 한 우물만 파도 성공할까 말까 하는데 이거 했다, 저거 했다 허송세월을 보낸다고 했다. 일리 있는 부분도 분명히 있다. 한 우물만 열심히 판 결과에 대해 전문성이라는 이름을 붙이니 말이다. 그러나 내가 바라는 이상적인 삶은 다양한 경험으로 얻은 유연한 자세에서 시작된다.

교사가 되려고 했을 때의 일이다. 교단에 서 있는데 한 학생이 물었다. “선생님, 클럽은 뭐 하는 곳이에요? 거기는 나쁜 곳이에요?” 만약 내가 클럽에 한 번도 간 적이 없다면 그 학생에게 부정확하고 편협한 나의 생각이 정답인 양 전달했을지도 모른다. 물론 우리는 이 세상 모든 것을 경험할 수 없다는 걸 안다. 매일매일 새로운 도전을 해도 죽기 직전까지 다 경험하지 못한 일이 더 많을 것이다. 나이가 들어 아이가 나에게 물을지도 모른다. “엄마, 스카이다이빙을 하면 어떤 기분이에요?” 나는 직접 스카이다이빙을 해보고 아이에게 이야기해주고 싶다. 이미 패러글라이딩을 경험하고 여기저기 추천하는 것처럼.

나는 대학 입시에 실패해보았기에 재수생의 마음을 깊이

공감할 수 있다. 대학에 들어가 두 달 만에 휴학이 아닌 자퇴를 해보았기에 그런 상황에 처한 친구들에게 누구보다 진솔한 나의 이야기를 들려줄 수 있다. 공황장애로 수십 번 숨이 가빠져보았기에 자신 있게 병원을 추천해줄 수 있다. 정신과 내원이나 심리센터 방문을 망설이는 그대들에게 나는 누구보다 힘주어 한 걸음 나서볼 것을 권할 수 있다.

내가 겪은 경험 안에서는 자신 있게 이야기할 수 있는 것이다. 이제 그대에게 듣고 싶다. 그대가 겪은 경험의 이야기들을 내가 간접 경험해볼 수 있도록. 그 경험 안에서 내가 배울 수 있고 조언을 얻을 수 있는 부분들을 귀에 담고 싶다. 그리고 그대의 경험치를 엿보고 싶다. 그대가 살아온 인생의 경험치는 레벨 몇인가. 그리고 그대의 인생에서 가장 중요한 단어로 무엇을 꼽을 수 있는가. 살면서 그대가 잘했다고 생각하는 모든 것을 노트에 써내려가길 권한다. 가령 '어제 기분이 좋아 친구에게 커피 한 잔 사준 것'처럼 사소한 것부터 시작해도 좋다. 많이 알수록 그리고 똑똑한 사람일수록 자존감이 낮다는 서두로 글을 시작했다. 모르는 것에, 내가 잘못한 것에 집중하기보다 사소하지만 잘한 것 그리고 경험한 모든 것에 집중하자. 적어내려가다 보면 뜨거운 콧김을 내뿜는 것조차 스스로 사랑스러울 것이다.

오랜 친구

한때는 굴러가는 낙엽만 봐도 배꼽을 잡고 웃던 친구가 남보다 못한 사이가 되기도 한다. 사람 사이라는 게 이리도 어렵고 혼란스럽다. 단 한 마디에 막역한 친구가 되기도 하고 원수가 되기도 한다. 우리는 어쩌다 이렇게 멀고 먼 사이가 되었을까. 시간이 가로막기도 하고 한낱 감정이 떨어뜨려 놓기도 하지만 한참을 잊고 지내다 어느 날 문득 마주하면 그렇게 곤혹스러울 수가 없다. 대인배의 마음가짐이 필요할까, 얼굴이 두꺼워야 할까. 남보다 못한 사이가 되어버린 얼굴들을 마주할 때 아무렇지 않은 척이라도 하려면 어떤 생각을 해야 할까.

"이 오빠들이 술 마시러 놀러 오라는데 같이 가자!" 우리는 열여섯이었다. 나는 지금도 여전하지만 어릴 때는 지금보다 더 심한 쫄보였기에 그럴 수 없다고 말했다. 게다가 친구를 혼자 보낼 수 없으니 꼭 막아야만 했다. 왠지 온갖 나쁜 생각만 들었던 것이다. 무서운 오빠들이 친구를 가둬놓고 나쁜 짓을 할 것 같고, 그곳에 가면 다시는 돌아오지 못할 것 같았다. 친구를 붙잡고 우리는 성인이 아니다, 거기 가서 두 발로 걸어나오지 못할 수도 있다, 부모님이 속상해할 것이다, 라며 입바른 소리만 줄줄 읊어댔다. 그 뒤로도 비슷한 일들이 있었고, 나는 그 친구를 다그치기만 했다. 일탈을 하거나 심장이 두근거리는 일을 할 때면 그 친구가 꼭 내 옆에 있었다. 그만큼 그 친구와의 추억 보따리는 누구보다 무겁고 형형색색으로 가득 찼다. 의리가 대단한 친구였다. 어쩌면 그 친구를 만나서 배포와 용기도 얻고 심장이 단단해졌는지도 모른다.

그런데 성인이 되고 공감대를 형성할 무언가를 잃어버리면서 점점 다른 길을 걸었다. 자유롭게 날아다니며 춤추는 친구, 그 친구의 눈에는 내가 요샛말로 '꼰대'이며 '선비'였을지도 모르겠다. 서로를 궁금해하지 않고 지낸 지 10년이 지났다. 그리고 어제 우연히 그 친구와 마주쳤다. 눈을 어디에

둬야 할지 몰라 당황한 나머지 내 옆에 있는 친구의 팔짱을 더 세게 꼈다. 헤어진 연인을 마주해도 이러진 않았을 거라 생각했다.

그 누구의 잘못이 아닐 수도 있다. 또는 둘 모두의 잘못이기도 할 테지만 이미 지난일 앞에서 웃으며 인사를 나누는 게 어려운 일일까. 그 친구 역시 나와 같은 생각을 했을까. 온갖 생각이 교차했다. 그리고 내가 팔짱을 끼고 있던 친구를 보았다. 이 친구와의 관계를 특별히 더 신경 써서 우린 이렇게 여전히 가까울까. 그것 역시 아니었다. 사람 사이가 알 듯 말 듯 했다. 내 마음 같지 않으니 오히려 더 편하게 느껴진다.

나는 늘 진심이면 된다. 그 진심 안에서 내 목소리를 낼 수 있으면 된다. 마지막으로 그 관계 안에서 친구의 목소리를 들을 줄 알면 그것으로 내가 할 수 있는 전부라는 생각이 들었다. 멀어지고 떠나가는 인연 앞에서는 숨을 필요도 불편해할 이유도 없다. 아마 당황해서 그리고 즐거운 기억이 많은 친구였기에 얼굴을 붉혔을 거라 생각하지만 주눅 들거나 나 자신을 탓할 이유는 없다. 그렇게 가까워지기도 하고 멀어지기도 하면서 세월은 흐르는 것이니까.

그때 들었으면 좋았을 말들

이른 아침 집 밖을 나설 때 코끝이 차가운 걸 보니 곧 대학수학능력시험이 다가오나 보다. 어느 고등학교에서 수능이 끝나면 아이들에게 들려줄 유의미한 이야기가 있는지 조심스레 강연 요청을 해 왔다. 대한민국에서 '수능' 하면 10대의 마지막 관문이자 인생 최초의 거대한 부담 결정체인데, 그 일정을 치르고 나면 아이들에게 학교란 얼마나 쓸모없이 느껴질까 싶었다. 안 그래도 가기 싫은 학교에 끌려오듯 억지로 등교해 꾸역꾸역 의자에 엉덩이 붙이고 있을 텐데, 그런 아이들이 대체 어떤 이야기에 집중하고 반응할 수 있을까 고민했다. 그 시절 나는 어땠는지 떠올렸다. 수능이 끝나고 학교에 단 네 시간 앉아 있는 것도 좀이 쑤셨는데, 그런 우리를 모아놓고 어떤 이야기를 들려줬어야 눈을 반짝이며 경청했을까.

기억을 더듬어보니 우리 학교는 여자 고등학교라 그랬는지 화장품 회사 직원분들이 와서 색조 화장법, 내 피부 타입 아는 법 등 뷰티 강의를 해주었다. 죄송한 이야기지만 그때 나에겐 그런 정보들이 정말 손톱만큼도 흥미롭지 않았고, 이미 몇몇 아이는 자신이 더 잘할 수 있다며 코웃음을 치기도 했다. 그때 강당에 섰던 화장품 회사 직원분들의 노고와 부담이 나에게 돌아온 지금에서야 집중하지 않고 졸기만 했던 내 모습을 반성한다.

먼저 아이들의 동기를 유발해야 하는데, 아무래도 그 또래 아이들의 순간적인 흥미와 자극을 끄는 것은 '이성'과 관련된 이야기일 거라 추측했다. 아, 나의 단순함이 탄로 나는 지점이다. 아니, 사실은 나보다 아이들이 더 잘 알아서 왕성하게 잘해내고 있을지 모른다는 생각에 이 주제는 당장 집어치우기로 했다. 그렇다면 조금은 진지하더라도 혹은 당장은 와닿지 않더라도 누군가 나에게 그 시절에 해줬으면 참 좋았겠다는 이야기들을 떠올려보았다.

여러 가지 떠오르는 대로 나열했다. 먼저 '부모님과 타협하지 말 것'부터 시작했다. 불효를 저지르라는 말이 아니라 자기 인생은 자신의 것이므로 하고 싶은 일이 있다면 책임질 각오를 하고 인생에 임해야 한다는 이야기다. 그리고 '아무에게도 도움받지 않고 다른 지역에서 살아볼 것'을 추천하고 싶다. 실로 나에게는 많은 도움이 되었다. 지난해 제주에서 보낸 두 달이 그랬다. 여행과 살아보는 것은 엄연히 다르게 다가온다. 그 누구도 나를 모르는 곳에서 오롯이 내가 번 돈으로 지내보는 것이다. 나에게 집중할 수 있는 자유로운 시간과 내 행동에 책임을 물어 오는 주머니 사정으로 다가와 더욱 깊이 성장할 기회를 준다.

그리고 또 한 가지, '물질적인 것에 투자하기보다 내면을 다지는 일에 돈과 시간을 투자할 것'을 권하고 싶다. 값비싼 옷이나 시계, 물건보다 책이나 전시, 음악, 영화 등을 많이 접함으로써 내면을 꽉 채울 수 있기를 바란다. 철학과 인문

학을 가까이하는 습관을 기르면 좋겠다고, 나는 그때 그런 습관을 길러놓지 못해 여전히 힘들다고 말할 것이다. '돈' 이야기가 나와서 하는 말이지만 20대 초반은 돈을 모으는 때가 아니니, 모으는 데 집중하기보다 돈을 벌어서 어디에, 어떻게 써야 할지 생각해보았으면 좋겠다는 이야기도 덧붙여야겠다.

마지막으로 '타인의 시선에서 자유로워질 것'이라는 조언을 꼭 전하고 싶다. 우리는 필요 이상으로 타인의 눈치를 보며 산다. 군중 속에서 톡 튀어나오면 다르다고 말하지 않고 틀린 것이라 못 박는 사회에서 사는 이상 지키기 힘든 이야기인 것을 잘 안다. 나 역시 잘되지 않으니 말이다. 하지만 마음속으로 늘 되뇌면 때때로 중요한 순간에 큰 힘을 발휘한다. 나는 그것이 '내면화의 힘'이라 믿는다. 관계에서 자유롭고 타인의 시선에서 자유롭기 위해 이기심이 아닌 자애심을 가져야 한다. 자신을 사랑할 줄 아는 사람은 타인의 의견 역시 존중할 줄 안다. 더 나아가 서로를 배려할 줄 아는 한 명 한 명이 모이면 모두가 선한 영향력을 뿜어낼 것이다. 그렇기에 나의 작은 한마디가 단 한 명의 마음을 울릴 수만 있어도 그것으로 알찬 강연이 되리라 생각하며, 더 재미있고 유익할 수 있는 시간을 미리 준비하면서 설렘을 즐긴다.

밤의 멍

깜깜할수록 나 혼자 이야기를 나눈다. 아픔에 무뎌지는 건 나이가 들었기 때문이란다. 사실은 무뎌지는 게 아니라 무딘척해야만 하는 것이다. 바쁘고 정신없이 살아가니 주변에서는 서로가 탈 없이 지내는 줄 안다. 터놓지 않으니 속으로 더 검게 썩어가는 걸 모른다. 저마다 가슴속에 언제 터질지 모를 시한폭탄을 안고 산다. 불안한 미래가 또 스치는데 이런 나에게 답을 주는 누군가가 없어서 무섭기만 하다. 달을 보는 횟수가 늘어나는 요즘은 만나고 싶은 사람도 없고 그리워할 사람조차 없어서 공허하다. 허벅지에 멍이 제법 크게 들었다. 어디서 들었는지도 모르고 그저 파란 멍을 쓰다듬고만 있다.

"정신은 어디에 두고 살아야 하나요? 머리에 두어야 하나요, 마음에 두어야 하나요? 마음이 귀한 사람이 되자고 했는데 대체 마음은 어디에 있나요? 마음이란 것이 존재하기는 하나요? 이 세상은 온통 머리로만 움직이는걸요." 하늘에 뜬 초승달이 우리 차를 따라온다며 아빠를 보고 환히 웃던 어린 나는 더 이상 여기 없다. 쉽고 가벼운 만남보다 깊이 오래 만나는 사이가 더 어렵다는 걸 알아버린 지금의 나는 당장 내일이 두려워 잠들지 못한다.

마지막

1. 가지고 있을 때는 정작 몰랐던 감정들이 왜 잃고 나서야 물밀듯 다가오는가. 남이 가진 것은 반짝반짝 빛나고 커 보이는데, 내 손에만 오면 왜 부족한 것들 먼저 눈에 들어오는가. 까탈스럽고 예민한 성격 탓에 내 주변을 이루는 모든 것을 쉬이 지키지 못했다. 떠나고 나면 후회한다는 것도 남의 일이었다. 날 떠나면 떠나는 것이다. 그걸로 끝이다. 하지만 그것이 남의 손에 들어간 것을 보았을 때 왠지 모를 패배감과 자괴감을 느껴야 했다. 나를 무모하게 내던져서 하는 모든 일은 사실 용기가 필요하지 않았다. 소중한 것이 무엇인지 모르기에 잃어도 그만이었으니 누군가의 눈에 '용기'로 보일 수밖에 없었다. 왜 나는 남보다 나를 우선시하는 일에 이토록 죄책감을 느끼는가. 모든 것의 기준을 나에게 두는데 왜 내 마음이 불편한지 정말 모를 일이다.

사람은 저마다 자기만의 기준 안에서 살아간다. 세상이 정해놓은 기준과 자기 자신만의 기준이 비슷할수록 이 세상에 적응하기 쉬울 것이다. 나는 내가 세워둔 기준 안에 갇혀버린, 그래서 세상으로부터 고립된 죄수가 되었다. 너무도 뿌리 깊게 박혀버린 틀을 부수는 것이 하루하루 시간이 지나는 지금 가능할지 모르겠다. 주치의는 말했다. 타고난 기질 그리고 살아온 환경이 사람마다 모두 다르기 때문에 인터넷에 떠도는 정답인 양 하는 말들은 의미가 없다고.

누가 우리 주치의처럼 나에게 말해줬으면 좋겠다. 사람마다 모두 다르기 때문에 너에게 관심없는 사람이 있듯 너에게 관심이 가득한 사람도 있다고. 아직 나타나지 않았을 뿐 어딘가에 존재하고 있으며 널 만나기 위해 달려오는 중이라고 말이다. 우리는 서로를 향해 마주 보고 천천히 걸어가는 중이니 당장 눈앞에 보이지 않아도, 당장 주변에 널 괴롭히는 사람들밖에 없더라도 조금만 기다리라고, 너의 의미를 읽어줄 사람은 반드시 존재한다 믿으라고 확신을 주는 말이 필요했다.

늘 그랬듯 나에게 이러한 말을 해줄 수 있는 사람은 나뿐이라는 걸 잘 안다. 오늘도 나 자신과 대화를 나누며 잠자리에 든다. "너 새별오름 근처에 '나홀로나무' 봤지? 사람들이 왕따나무라고도 부르던데 기억나? 그 허허벌판에 혼자서 있는 나무는 많이 외로울까? 난 아니라고 믿어. 홀로 곧게 자기 자리를 지키고 있으니 하루에도 수많은 사람이 같이 사진 찍자고 모여들잖아. 너도 똑같아. 너 스스로 지금 그 자리에서 뿌리내리며 단단함을 기르고 있으면 너의 향기를 맡고 찾아오는 이가 한 사람쯤은 있을 거야. 혼자이고 싶지만 혼자이고 싶지 않은 너의 마음 십분 이해해. 오늘 하루도 잘 버텼어."

2. 마지막이라는 말은 속이 시원할 때도 있겠지만, 지나고 보면 참 슬픈 단어일 때가 많았다. 마지막이 되어서야 아쉬움을 느끼는 것은 마지막 남은 과자, 마지막으로 보는 만남 그리고 마지막으로 읽는 글 등이다. 마지막이 있다는 말

은 거슬러올라가 처음이 존재한다는 말이 될 것이다. 처음의 설렘과 기대를 안고 시작한 일이 마지막에 이르렀을 때 뿌듯함과 시원섭섭함이 남는다면 그 일은 적어도 실패한 게 아니라는 반증일 것이다. 책을 내겠다는 일념에 처음 글을 쓴 날과 드디어 인쇄소에 원고를 보내기 전 마지막 글 작업을 할 때, 연인과 첫 데이트로 설렘 가득했던 날과 다시는 만날 일 없음을 직감한 마지막 헤어지는 날, 처음으로 얼굴도 모르는 몇 분께 개인적인 이메일을 보내던 날과 그 이메일의 마지막을 장식한 날…. 수많은 처음과 마지막이 반복되고 혼재하지만, 그리 슬픈 마무리도 또 그리 들뜬 시작도 없이 언제든 그 마지막이 다시 처음이 될 수 있기를 바라며 오늘의 마지막을 마무리한다. 내일 아침은 또 새로운 시작이고, 마지막이 있기에 또 무언가 다시 시작될 수 있다는 것을 서서히 알아가는 터, 마지막이 무조건 슬프기만 한 것은 아니므로. 마지막은 즐거운 축제처럼 잘 보내주어야 한다는 것을 이제는 조금씩 알아가고 있으므로 편안히 이 순간을 넘긴다.

2부
편애하는 실화

최병호 실화

1.

햇볕이 강하게 내리쬐는 7월의 점심시간. 방금 막 입으로 들어간 음식물이 채 소화도 되기 전, 아이들은 쉼 없이 발끝으로 공을 굴린다. 체육복을 입은 아이, 교복 바지가 반질반질 윤이 나도록 입은 아이, 실내화를 신고 공을 차는 아이, 어제 산 축구화를 뽐내는 아이. 남자 중학교에서 운동을 좋아하는 아이라면 결단코 점심시간을 놓칠 수 없다는 기세로 모두 운동장을 점령한다.

점심시간과 이어지는 체육시간에 병호는 오늘따라 더 신이 났는지도 모른다. 체육복을 입고 축구화까지 신어주니 '누구든 다 덤벼라.' 하고 자신만만하다. 병호는 자기에게 튀어 다가오는 공을 가슴팍으로 받아 올렸다. 오른발 안쪽으로 재빨리 친구에게 패스한 뒤 다시 공을 받아 한 명을 제치고 두 명을 제쳐 발재간을 보이며 골문까지 달려갔다.

병호는 다른 친구들의 부러운 시선을 한몸에 받는다. 한때는 축구가 너무 좋아 깜깜한 밤이 된 줄도 모르고 공을 굴리다 엄마가 저녁밥 먹으라고 부르는 소리에 집으로 달려간 적도 있었다.

하지만 예상과 다르게 병호의 꿈은 축구선수가 아니었다. 병호는 그저 좋은 아버지가 되는 게 꿈이었다. 장래 희망을 쓰는 칸에도 "멋진 아빠, 멋진 남편"을 써냈다. 그것은 직업이 아니라는 학교 선생님의 말씀에도 "그러면 꿈이 없어요." 라고 단호하게 이야기하는 녀석이었다.

어김없이 해가 뉘엿뉘엿 저물어가는 여름날 저녁. 무릎으로 공을 튀기다 이마 위로 올렸다 발로 받아 다시 무릎으로 공을 튀기기를 반복하며 집 앞까지 도착했다. 끼이익, 철제 대문을 열어 작은 시멘트 마당에 오른발을 들여놓고, 차마 왼발을 들여놓지 못했다.

"아이고, 병호 아부지, 이라지 마이소. 제발, 제발, 병호 아부지. 병호도 곧 오고 병준이도 학원 마칠 시간인데예, 네?"

"뭐라 씨부리노, 이년이. 어디를 네가 감히 이래라저래라고? 한대 더 쳐맞아야 정신을 차리겠나? 네가 내 발에 또 밟혀봐야 정신을 차리겠냐고. 눈두덩이 시퍼러이 되니까 고마 다른 집 여편네들이랑 서방 욕을 못 해가꼬 갑갑하나? 그라믄 더 맞아야지, 이 썩을 년."

병호는 아무것도 모른 채 "엄마, 밥 줘요."라고 말하며 눈치 없이 들어가버린 오른발을 천천히 빼고 뒷걸음질 쳤다. 한 발 두 발 뒷걸음질 치는 병호의 두 눈을 누군가 폭 가려버렸다.

"형아야, 나 누구게?"

"병준아, 쉿! 조용히 해라."

병호는 뒤돌아 시선을 아래로 향해 병준과 눈을 맞췄다. 어느새 달이 병호의 집 위에 걸렸는지, 달빛이 병준의 눈을 반짝반짝 비추고 있었다. 병호는 병준을 바라보며 참을 수 없는 눈물을 꿀꺽 삼키고 생각했다. '달이 내 등 뒤에 있어서 참 다행이다.'

“형아야, 내 배고프다. 집에 가서 엄마한테 달걀말이 해달라고 하자, 응?”

“안 된다. 오늘 형아랑 축구하고 들어가자.”

“이렇게 깜깜한데 어떻게 축구를 하노? 형아, 내 배고프단 말이야.”

“병준아, 그럼 우리 저기 보이는 철봉을 누가 먼저 집고 오는지 내기하자. 병준이 네가 이기면 집으로 바로 가는 거다, 알겠제?”

“응, 형아. 시이이이작!”

병호는 병준을 단숨에 이겨서 집에 들어가는 시간을 조금 더 늦추고 싶었다. 그와 동시에 일부러 병준에게 져서 빨리 집으로 들어가고 싶었다. ‘엄마, 괜찮을까?’ ‘아까 엄마 목소리가 들렸을 때 집으로 들어갔으면 엄마가 무사했을까?’ ‘나까지 아버지한테 두드려 맞았을 거야. 그런데 엄마는 어떡하지? 엄마, 엄마… 엄마!!!!’

병호가 뛰면서 다른 생각을 하는 사이에 병준은 저 멀리 철봉을 집고 돌아서서 달려오고 있었다. 병호는 그제야 전

속력을 다하여 철봉을 향해 달렸다. 철봉을 집고 돌아서서 병준을 좇아가는데, 엄마 생각을 너무 집요하게 한 탓인지 숨이 조금 가빴다. 결국 이번 내기에서는 병준이 이겼다.

"형아, 우와! 내가 이겼다. 형아가 봐준 거 아니지? 이제 집에 가자, 응? 빨리이."

"그래, 가자, 가."

다시 파란 철제 대문 앞에 도착한 병호는 오른발만 내밀어 넣었던 그 폭만큼 두근거리는 심장을 어쩌지 못하고 있었다. 그러는 사이 손에 든 보조 가방을 휙, 휙, 돌리던 병준이 먼저 집으로 들어갔다. 병호는 병준이 먼저 들어가 혹시 보면 안 되는 것을 볼까 걱정했다. 거의 동시에 형제는 문고리를 잡았고 함께 열었다.

"엄마!!! 나 배고파요. 밥 줘요!!"

아무것도 모르는 병준은 그저 엄마를 보채기 바빴다. 병호는 문이 열리자마자 아빠를 찾았고, 다행히 아빠가 없는 걸 알아챘다. 엄마의 상태를 눈으로 구석구석 살폈다. 어딘가 모르게 절뚝이는 엄마의 다리. 그런데 병준을 꼭 안아주고 조금만 기다리라고, 맛있는 달걀말이 해주겠다고 국을 데우는 엄마. 병호는 코가 시큰하게 아팠다.

"병호야, 밥 먹자."

"……."

"병호야, 국 식는다. 얼른 나와."

"형아, 빨리 와. 그래야 같이 먹지."

병호는 엄마를 마주 볼 수 없어서 식탁에 가까이 갈 수 없었다. 배가 무지 고팠다. 그런데 엄마 얼굴을 보면 눈물이 흘러 밥을 뜰 수가 없을 것 같았다. 엄마 목소리가 귀에 들릴수록 집 안에 보이지 않는 아빠가 더 싫어졌다. 아빠가 들어오면 엄마를 왜 때렸냐고 따져 묻겠다 다짐했다.

"병호, 오늘 학교에서 무슨 일 있었어? 왜 밥도 안 먹고 그래…. 엄마 걱정되잖아."

"아니에요."

"아무것도 아니긴. 엄마한테 이야기해봐. 엄마는 언제나 병호 편이잖아. 엄마가 다 들어줄게."

"아무것도 아니라고요."

병호는 엄마 스스로도 잘 방어할 수 없으면서 어떻게 자기를 지켜주겠다는 것인지 엄마를 이해할 수 없었다. 엄마의 말은 전부 거짓말이라 생각했다.

병호는 엄마가 꼭 옆집에서 키우는 몽실이 같았다. 몽실이는 얼마 전 새끼를 낳았다. 병호를 보면 바닥에 구르고 배를 뒤집어 보이던 몽실이가 새끼를 낳자마자 다가오는 병호를 보면 으르렁대며 엄청난 경계를 했다. 어떤 포유류든 자기 새끼에게 해코지하는 대상을 경계하고 공격한다. 자기 몸이 얼마나 작은 줄도 모르고 새끼를 지키겠다는 마음 하나로 그렇게 작은 몸을 내던져 밟히고, 찢기고, 피범벅이 되어 눈을 감는다. 하지만 그 순간에도 어미는 행복하다. 새끼를 위해 죽을 수 있어서. 자기가 새끼를 지켰다고 생각하며 눈을 감으니 그걸로 된 것이다. 병호는 엄마를 보며 모성애 넘치는 옆집 몽실이를 생각했다.

2.

위잉 위잉, 슈욱 쌩.

경남 합천의 작은 동네 문방구에서 미니카 대회가 열렸다. 플라스틱 레일을 연결해서 작은 모형 자동차를 출발시키는데, 레일 시작점부터 끝까지 레일에서 떨어지지 않고 끝까지 빠르게 가는 쪽이 우승하는 게임이었다. 근처 초등학교에서 미니카를 가지고 있는 아이들은 다 모여서 제법 큰 대회가 벌어졌다.

병호와 병준 역시 집에서 가장 튼튼한 미니카를 들고 문방구 앞에 줄을 서서 대회에 참가했다. 병호와 병준의 미니카는 예선에서 본선 그리고 결승까지 승승장구하며 올라갔다.

"형아! 우리 이제 재네만 이기면 1등이다. 우리 이기면 미니카 다섯 개랑 레일도 공짜로 받을 수 있어. 형아, 우리 꼭 이기자!"
"응. 병준아, 형아가 잘 밀어놓을 테니까 걱정 마!!! 우리가 이긴다!"

결승에서 병호와 병준의 미니카는 레일을 잘 타고 돌아 도착 지점에 닿았고, 상대팀은 미니카를 너무 세게 밀어버린 나머지 레일을 벗어나 탈락했다. 마침내 병호와 병준은 그토록 바라던 미니카 5종 세트를 상품으로 받아 들었다.

"형아, 우리 아까 진짜 멋있었지?"

"응. 당연하지. 아무도 우리 못 이겨! 병준아, 우리 빨리 집에 가서 이거 조립하자!!"

"응, 형아!!"

해는 달에게 자리를 비켜주기 위해 붉고 어두운 이불을 하늘에 깔아주었고, 그 자리에 서서히 달이 찾아오고 있었다. 작은 액세서리 소품을 만들어 파는 어머니는 가게문을 닫고 얼른 아이들 저녁을 차리러 가려 했다. 가방을 챙겨 돌아서는 찰나였다.

"병호 아빠, 집에 안 가고 왜 여기로 왔어요? 아휴, 술 냄새. 또 술 마셨어요?"

"네가 뭔데 참견이야. 돈이나 내놔."

"같이 집에 들어가요. 애들 올 시간이에요."

"이년이 귀를 먹었나. 빨리 가지고 있는 거 있으면 몇 장 꺼내놔."

"병호 아버지, 왜 이래요, 네? 당신 이럴 때마다 나 너무 힘들어요. 술 좀 줄이고 우리 제발, 제발 들어가요. 병호랑 병준이가 아빠 기다려요."

"이 미친년이…."

아버지는 그 자리에서 좁은 가게 선반에 진열해놓은 머리방울, 머리핀, 머리띠, 귀고리, 목걸이를 쓸어 바닥에 내동댕이쳤다. 하나하나 어머니의 손으로 만든 작고 약한 것들. 하지만 병호와 병준을 먹여 키울 수 있는 강한 것들. 그것을 아버지는 무참히 짓밟고 무시했다. 어머니는 술에 취한 남편의 손찌검에도 두 아들을 생각하며 참고 또 참았다. '우리 병호, 병준이, 아빠 없는 아이 만들지 말아야지. 나 하나 참으면 되니까. 우리 아들 다 클 때까지만 내가 참아야지.' 하며 검은색으로 흩날린 날이 또 하루 쌓여갔다.

"병호, 병준이, 아침밥 먹어. 얼른."

"네. 형아, 어서 일어나! 엄마, 요즘 형아가 자꾸 늦잠 자서 나랑 같이 학교 못 가요."

"병호야, 너까지 엄마 힘들게 할 거야? 빨리 일어나서 씻어. 그래야 밥도 먹고 학교 가지."

아이들이 있는 집이라면 북적대는 이 아침 소리가 언젠가는 그리워질 소리임을 다 큰 성인으로 자라야만 깨닫게 되는 걸까. 우리는 왜 모든 일상을 잃고 나서야 소중하다고 느끼는 걸까.

학교에 간 병호는 곧 있을 체육대회에서 축구 경기에 참가하기로 했다. 매일 점심시간과 하교시간에 모여 친구들과 연습을 하고 경기를 뛰었다. 9월이지만 여전히 더위는 여름의 끝자락에서 떼를 부리는 듯했다.

"야, 최병호! 패스! 패스!!! 야! 최병호! 뭐 하냐!!! 야!!"

빨리 달려가 친구에게 패스해줘야 하는데, 병호는 이상했다. 머릿속에서 그린 이미지대로 발이 움직이지 않았고 호흡도 따라주지 않았다. 그대로 상대편 친구에게 공을 뺏기고 병호는 그 자리에 주저앉았다. 숨이 가빠서 드러누울 수밖에 없었다.

경기가 모두 끝나고 병호는 집으로 돌아가면서 오늘 뭘 잘못 먹었는지 곰곰이 생각해보고, 평상시보다 잠을 못 잤는지도 기억을 더듬었다. 무엇보다 체육대회 당일 축구 경기에서 이런 일이 일어날까 봐 벌써부터 끔찍했다. 나름 반에서 가장 기대주이고, 선생님들 사이에서도 당연히 병호가 속한 반이 1등을 할 거라 짐작했기 때문이다.

그런데 다음 날이 되어도 숨이 찼고, 어느 날보다 푹 자고 난 다음 날도 숨이 찼다. 밥을 많이 먹어도 보았고, 아예 속을 비워보기도 했다. 그럴 때마다 하루하루 갈수록 더 숨이 차오르는 기분이었다. 병호는 친구들과 선생님의 걱정에 대수롭지 않게 반응했지만, 점점 그들의 기대치가 떨어지고 있다는 것을 느꼈다.

"엄마, 나 요즘 축구할 때 숨이 너무 차요."

"원래 달리면 숨이 차는 거잖아, 병호야."

"근데 엄마, 전이랑 달라요. 똑같이 뛰는데도 숨이 너무 차서 그냥 누워버려요. 엄마 나 체육대회 때 꼭 경기 나가고 싶어서 그래요. 병원 같이 가주면 안 돼요?"

"음, 그래. 병호야, 내일 학교 마치고 가보자."

병호는 어머니와 병원에 가기로 약속한 것만으로도 이미 다 나은 듯했다. 병원에 가서 의사 선생님께 증상을 말씀드리고, 청진기의 차가움을 가슴으로 이겨내고, 간호사 누나에게 부끄럽지만 엉덩이를 내어 주삿바늘까지 참아낸다면, 지금까지 일은 그냥 지나갈 감기 같은 거라고 위로했다.

다음 날 학교에서 병호는 일부러 천천히 걸어다니고 축구 연습도 나가지 않았다. 웬만하면 어지럽지 않게 조심했다. 몸 상태를 더 나쁘게 만들어서 가면 치료하는 시간이 길어질까 봐 매우 조심했다. 병호는 학교 근처 작은 내과 앞에서 어머니를 만났다.

"병호야, 아이구, 땀 봐. 땀을 왜 이렇게 흘려. 괜찮아?

오늘은 숨 안 찼어?"

"응, 엄마. 오늘은 한 번도 숨이 안 찼어요. 우리 빨리 들어가 봐요. 빨리요."

"녀석도 참. 그래, 가자."

의사 앞에 앉은 병호는 빨리 가슴에 청진기라도 대어보고 괜찮다는 이야기가 나오길 바랐다. 의사는 가슴 앞뒤의 심박수를 들어보고는 간호사를 불러 병호가 알아들을 수 없는 말을 작게 지시했다. 그리고 잠시 뒤 간호사가 병호를 주사실로 불러 피검사를 해야 한다고 했다. 빈혈일 수도 있어서 이것저것 검사하는 거니까 겁먹을 필요 없다고 안심시켰다. 검사 결과가 사흘 뒤에 나오니, 그때 다시 어머니와 함께 내원하라고 했다.

"엄마, 빈혈이 뭐예요? 그 머리 어지럽고 잘 쓰러지는 거 맞죠? 그거 큰 병이에요?"

"큰 병 아니야. 그냥 몸에 피가 돌아다니면서 산소를 여기저기 공급해줘야 하는데, 그 산소가 조금 부족한 거야. 약 잘 먹으면 나아."

"엄마!! 그러면 나 약 먹고 축구 경기 나갈 수 있는 거예요?"

"그래, 병호야. 엄마가 신경 많이 못 써줘서 미안해. 오늘은 엄마랑 고기 사서 들어가자. 우리 고기 구워 먹자."

병호는 병원을 다녀와 마음이 더 편해졌고, 어머니는 병원을 다녀와 마음이 더 불편했다. 병호는 축구를 계속할 수 있어 기뻤지만, 어머니는 푼돈밖에 못 벌어서 고기 한번 제대로 먹이지 못해 빈혈이 생긴 게 아닐까 마음이 아렸다.

사흘 뒤 병호와 어머니는 같은 시간, 같은 장소에서 만나 다시 내과를 찾았다.

"병호, 진료실로 들어가세요."

"네!!"

병호와 어머니는 의사의 말을 점쟁이처럼 미리 예상하는 척하며 의기양양하게 진료실로 향했다.

"병호야, 몸에 빨간 반점 같은 거 난 적 있니?"

"아니요? 빈혈에 걸리면 반점이 나요?"

"아니. 그럼 병호야, 요즘 식욕은 어때? 밥은 맛있게 잘 먹니?"

"음, 그저 그래요. 조금 어지럽고 아침에 늦잠 자서 아침밥을 못 먹어요!"

"그렇구나. 저기 병호 어머니, 이게 작은 동네 내과에서 볼 게 아닌 것 같아 조심스럽습니다. 아닐 확률도 크겠지만 다른 병이 의심되는데, 더 정확히 진단하려면 골수 검사를 해봐야 할 것 같네요. 제가 소견서를 써드릴 테니 대학병원으로 가보시는 게 좋을 것 같습니다."

"네? 선생님, 다른 병이라니요?"

"적혈구 수치도 지나치게 높고 백혈구나 혈소판도 이상 증세가 의심되긴 하는데 확실하지는 않습니다. 그러니 대학병원에 꼭 가보세요, 어머니."

소견서 봉투를 받아 들고 병원 밖을 나선 모자는 어안이 벙벙했다. 마른하늘에 날벼락 치는 광경을 본 것 같았고, 집으로 돌아가는 길을 까마득히 잊어버린 것처럼 앞이 깜깜했다. 그럼에도 불구하고 둘은 그 불안감 속에서 같은 생각을

하고 있었다. '그래, 별일 아닐 거야.'

"엄마, 나 아침에 밥을 안 먹어서 그런가 봐요. 내일부터 일찍 일어나서 꼭 밥 먹고 학교 갈게요."

"그래, 병호야. 그런데 우리 병호는 겁 안 나?"

"왜요?"

"의사 선생님이 큰 병원 가보라고 하잖아. 무서운 병이면 어떡하지? 엄마는 사실 조금 무서운데. 우리 병호가 많이 아픈 걸까 봐."

"엄마, 나 우리 반에서 축구도 가장 잘하고 힘도 가장 세요. 괜찮아요. 진짜 나 아침밥 안 먹어서 그런가 봐. 그리고 병준이랑 저녁에 미니카 돌리는 거 이제 그만 하고 일찍 자야겠어요."

"그래, 우리 병호가 씩씩해서 엄마 마음이 놓이네."

"엄마, 그런데 아빠는 왜 자꾸 엄마 때려요? 엄마가 아빠한테 잘못한 거 있어요? 혹시 우리가 공부를 잘 못해서 그런 거예요?"

"아니야, 그런 거. 병호야, 아빠가 밖에서 일이 많이 힘드신가 봐. 아이고, 병준이 학원에서 올 시간 지났다. 또 배고프다고 난리겠어. 어서 집에 가자."

집에 도착하니 두 사람이 어색한 듯 앉아 있었다. 아버지는 언제나 그렇듯 술에 취했고, 저 멀리 떨어진 구석에 무릎을 꿇고 있는 병준이가 병호의 눈에 들어왔다.

"야, 최병준, 일어나. 왜 무릎 꿇고 있어. 빨리 일어나. 방에 가서 형이랑 숙제하자."

"이 새끼들이, 가만히 있어. 야, 이 여편네야, 서방이 들어오기 전에 밥 차려놓고 기다려야 될 거 아니야. 어딜 싸돌아다니다 이제야 기어들어와? 네가 제정신이야? 오늘은 또 그까짓 구슬 나부랭이 끼워 쳐팔아서 얼마 팔았냐? 오늘 번 돈 다 이리 꺼내. 빨리 안 꺼내?"

"아버지, 그만 하세요."

"뭐? 이 새끼가 어디 어른이 말씀하시는데 끼어들어. 뭐라 그랬어? 그만 해? 그래, 너 잘됐다. 뭐 하는 새끼가 중학생이 돼서 축구한다고 지랄이냐. 공부는 제대로 하냐? 낳아주고 키워주니 뭐라? 그만 하세요? 이 새끼가, 너 요즘 안 맞은 지 좀 됐다 이거지. 그래, 너 오늘 죽어보자."

아버지는 손에 잡히는 대로 때릴 물건을 찾았고, 마침 바닥에 뒹구는 옷걸이가 그의 손에 들렸다.

“형아, 형아, 형아, 안 돼요. 아버지, 제발 그러지 마세요.”

“병호 아빠, 그러지 마세요. 제가 다 잘못했어요. 제가 병호 데리고 병원 다녀오느라 그랬어요. 잘못했어요.”

병준과 어머니가 말리는데 아버지는 옷걸이로 병호의 몸을 내려치기 시작했다. 옷걸이가 병호의 몸에 닿을 때마다 옷걸이의 뾰족한 철사가 병호의 몸을 날카롭게 긁으며 붉은 피가 그 자리자리마다 올라왔다. 하지만 병호는 주먹을 꼭 쥐고 참았다. 절대 울지 않으리라. 절대 눈 깜빡하지 않으리라. 아버지라 부르고 싶지 않은 당신보다 내가 더 강한 사람이라 보여주고 싶었다. 그러므로 내가 어머니와 동생을 지킬 수 있노라 몸소 증명하고 싶었는지도 모른다.

“형, 많이 아팠지? 형 피 났어.”

“괜찮아, 인마. 너는 뭘 잘못했다고 아버지가 무릎 꿇으라고 꿇고 있냐?”

"안 그러면 때리잖아…. 엄마도 때리고…."

"야, 최병준, 너 알고 있었어?"

"형, 내가 바본 줄 알아? 엄마 너무 불쌍해."

"그래, 그러니까 우리가 엄마 지켜드리자. 얼른 커서 우리가 힘 세지면 엄마랑 같이 도망가자."

"응, 형아. 근데 병원 갔다 왔어?"

"아, 응. 형이 아침밥 안 먹어서 그렇대. 얼른 자자. 형 내일부터 아침밥 꼬박꼬박 먹어야 돼."

3.

10월의 하늘은 높고도 푸르다. 천고마비의 계절, 말은 살이 찌는데 병호는 점점 말라갔다. 학교에서는 체육대회 준비에 한창이었고, 축구 경기 역시 참가할 선수를 정하기 시작했다. 병호의 체력이 예전 같지 않자 자연스레 참가하지 않는 분위기로 자타 모두가 인정하고 있었다. 하루는 학교에 가지 않고 어머니와 오랜 시간 버스를 타고 대학병원을 찾았다.

수많은 간호사와 의사, 환자만큼 많은 보호자. 병호는 아픈 사람들이 모여 있는 곳인데 눈물보다 웃음소리가 더 크게 들리는 이유를 생각했다. 이 아픔을 인정하고 나면 딱히 울 일도 없고 그들에게 일상이란 약 먹고 주사 맞고 또 하루를 넘기는 것이니까, 그러니까 울음보다 웃음이 더 나은 것 아닐까. 하지만 병호는 곧바로 자신은 그럴 일이 없을 테니 잠깐 아프더라도 눈물이나 펑펑 쏟아내자 결심했다.

병호는 병원에 도착하자마자 옆구리가 벌어진 환자복으로 갈아입고 여기저기 안내해주는 대로 따라다니며 검사를 받았다. 피를 뽑고 나니 의사가 불러 침대에 옆으로 누우라고 했다.

"학생, 지금부터 골수 검사를 할 거예요. 우리 몸에 피를 만드는 곳을 조혈기관이라고 해요. 조혈기관에는 학생이 들어본 골수도 있고 비장이나 림프절이라는 것도 있어요. 우리 엎드려서 마취 조금만 할게요. 그리고 골수에서 골수액 뽑아 학생이 그동안 왜 어지러웠는지, 왜 이렇게 호흡이 가빠지는지 알아볼게요. 자, 진행합시다."

병호는 '골수' '비장' '림프절' '골수액' 등 온갖 어려운 용어에 겁을 먹긴 했지만 별일 아닐 거라고 생각했다. 누군가 그랬다. 골수 검사를 받는 일은 맹장수술 백 번 받는 것보다 더 고통스럽다고. 정말 그랬다. 병호는 마취를 했다고 들었지만, 뼈에 박는 검사침은 등허리에 누가 정을 대고 망치로 마구 때리는 것 같았다. 다른 간호사들이 병호의 온몸을 잡았다. 병호는 입을 벌리면 너무 큰 악 소리가 입 밖으로 튀어나올 것 같아 이를 꽉 깨물어 참았다. 골수 검사가 끝난 뒤에도 세 시간 동안 모래주머니를 얹고 한참을 누워 있었는데, 그 시간 동안 곁을 떠나지 않고 옆에 앉아 있는 어머니를 보며 또 생각했다. 엄마를 꼭 행복하게 해드려야지.

병호와 어머니는 병원을 빠져나왔다. 분명 병원에 도착했을 때 새가 지저귀는 아침이었는데 검사를 받고 나오니 해가 저물어 있었다.

"엄마, 병준이 학원에서 돌아왔겠어요. 배고프다고 난리일 텐데, 어떡해요? 아버지가 또 병준이 괴롭히고 계신 건 아니겠죠?"

"괜찮아. 오늘은 병준이랑 아버지 저녁밥까지 다 차려놓고 왔어. 병호야, 엄마는 병호가 이렇게 씩씩하게 자라줘서 고마워. 그리고 동생 잘 챙겨줘서 엄마는 병호가 참 든든해."
"아, 뭐야, 엄마. 으, 닭살. 그런 말 하지 마세요. 뭐 당연한 거 가지고 그래요. 엄마, 그리고 너무 걱정하지 마세요. 나 안 아파요. 이거 봐요, 내 알통!"

병호는 소매를 걷어붙이고 팔에 힘을 주며 어머니를 향해 미소 지었다. 어둑한 바깥 풍경 속에서 주황색 가로등이 한 자리에서 껐다 켜지는 것처럼 버스는 고요히 달렸다.

"엄마, 엄마, 형 괜찮대요? 뭐라고 해요? 형 그냥 약 먹으면 낫는대요?"
"아이고, 병준아, 하나씩 하나씩 물어. 병준이 밥은 먹었어? 엄마가 병준이 좋아하는 문어 소시지 만들어놓고 갔는데, 다 챙겨 먹었어?"
"네! 형아 것도 몇 개 남겨놨어요. 형은, 형은 괜찮대요?"
"오늘은 검사만 해서 몰라. 밥 먹었으면 얼른 가서 숙제해야지. 엄마는 형이랑 밥 먹어야겠어. 병호야, 씻고 와. 엄마랑 밥 먹자. 배고프지?"

"네, 엄마. 씻고 올게요. 야, 최병준!! 너 형 없다고 내 미니카 가져가서 놀았지! 일로 와 인마!!"

병호는 검사하며 받았던 고통을 동생에게도, 어머니에게도 말하지 않았다. 세상에 태어나 처음 느껴보는, 그야말로 '뼈를 뚫는 고통'이었다. 중학교 2학년이 감당하기 어려운 고통. 하지만 옆에 누운 한 살배기 아이도 감당하는 그 고통. 열두 살 병준이에게 보이고 싶지 않은 고통이었다.

초록 물결이 갈색으로 변하는 데까지 그리 오랜 시간이 걸리지 않았다. 병호의 활력과 생기가 꺼져가는 잿빛으로 바뀌기까지도 긴 시간이 필요하지 않았다. 오히려 힘세고 무거웠던 활력이 그 무게만큼 더 빨리 아래로 아래로 떨어지는 듯했다. 병호는 어지러움과 구토 증상 그리고 무기력증과 코피 때문에 학교에 나가지 못하는 날이 잦아졌다. 처음 대학병원에 갈 때와 확연히 다르게 병호는 모든 것이 빠르게 느껴졌다. 버스를 타도 그렇게 지루했는데 무기력하고 어지러워서 창가에 기댄 채 흐릿해지는 밖을 바라보다, 눈을 감앉다를 몇 번 반복하면 병원 앞에 도착했다.

"최병호, 3번 진료실로 들어오세요."
"병호야, 네 차례다. 들어가자."
"안녕하세요, 선생님. 저희 병호가 무슨 문제라도 있나요?"
"네, 오셨어요? 어머님, 병호가 지난번보다 더 힘이 없어 보이네요."
"아니에요. 선생님, 저 괜찮아요? 저 빈혈이죠?"
"음, 빈혈은 아니고 병호야…. 음, 어머니, 이걸 급성골수암이라고 하는데요, 급성백혈병이죠. 백혈구 수치가 비정상적으로 너무 높았어요. 그래서 우리가 골수를 뽑아 검사했는데, 급성백혈병으로 진단이 됐고요. 백혈구가 소위 적군으로 보이는 세포를 없애고 싸우는 친굽니다. 백혈구가 자기들끼리 적군으로 인식해서 자꾸만 비이상적인 백혈구를 만들어 내는 겁니다. 우선 백혈구 수치를 낮추는 약을 먹을 거고요, 앞으로 항암 치료를 진행할 겁니다. 백혈구 수치를 계속 보면서 치료 방향을 잡아볼 겁니다. 어머니, 경과 봐가면서 약물로만 잡을 수도 있고, 안 될 시에는 골수를 이식받아야 할 수도 있습니다."

"아, 아니 선생님, 아니 선생님, 골수암이라니요. 우리 병호가 백혈병이라니요. 혹시 검사가 잘못된 건 아닌지요, 선생님."

"어머님, 저희도 골수 검사가 얼마나 힘들고 환자 본인에게 고통스러운 일인지 알기 때문에 더 철저히 분석합니다. 어머니, 지금 많이 복잡하시겠지만 급성이기 때문에 빠르게 판단하셔서 오늘 바로 입원하는 것이 좋습니다."

병호는 의사와 어머니의 대화에 끼어들 수가 없었다. 백혈병? 암? 의사에게 들은 모든 이야기가 마치 남의 일인 듯했다. TV에서나 나오는 이야기, 친구 삼촌 정도의 이야기, 소설에나 나오는 이야기쯤으로 들렸다. 병호는 실감이 안 났다. 최근 들어 조금 힘이 없고 어지러울 뿐이어서, 그저 빈혈이라 굳게 믿었는데 말이다. 병호는 어머니를 바라보았다. 어머니는 눈물 한 방울조차 흘릴 여력이 없어 보였다.

우리는 충격적인 사실을 맞닥뜨리면 일단 현실을 부정한다. '절대 아닐 거야. 에이 설마, 아니야.' 그리고 서서히 현실을 직시하면서 여러 가지 감정을 쏟아내며 그 일을 받아들인다. 슬픔, 분노, 억울함, 허무함, 미련, 외로움…. 어쩌면 인간이 느낄 수 있는 그 모든 감정이 한꺼번에 파도처럼 밀려와 감정 하나하나를 구별해내지 못하는 것인지도 모른다. 충격적인 사건은 매정하게도 감정을 추스를 시간조차 허락하지 않을 때가 많다.

"최병호 보호자님, 여기서 입원 수속 하시고요, 환자분은 저 따라오세요. 환복하셔야 해요."

"병호야, 어서 간호사 누나 따라가. 엄마는 입원 수속하고 따라갈게. 괜찮아, 어서 가."

그 장면만큼은 병호의 머릿속에 사진 한 장처럼 남아 있다. 간호사를 따라가라며 손짓하는 어머니의 얼굴, 괜찮다고 먼저 웃어 보이는 어머니의 슬픈 눈. 쓸쓸한 입꼬리가 병호의 뇌리에서 사진처럼 지워지지 않았다.

"형아, 많이 아파? 형이 집에 없으니까 나 너무 심심해. 가끔 아버지 오시면 너무 무서워, 형아."

"야, 최병준, 그런 걸로 쫄면 돼, 안 돼? 너 아버지한테 잘

못한 거 있어? 없으면 당당해지면 돼. 엄마 잘 보살펴야 돼, 병준아. 형이 집에 없으니까 네가 엄마를 지켜야 돼."

급성골수암이라 그런지 병호의 치료 속도 역시 급속도로 이루어졌다. 가장 먼저 병호의 항암 치료가 시작되었다. 어머니는 집과 병원을 오가며 병호를 간호했다. 작게나마 꾸려온 가게는 병원비를 위해 부동산에 내놓았고, 그동안 만들어둔 액세서리도 모두 헐값에 팔아버렸다. 여기저기 돈이 나올 만한 것은 모두 긁어 병원비를 마련했지만 암병동 입원비부터 항암 치료비까지 어머니 홀로 감당해낼 수가 없었다. 아버지는 웬일인지 술에 취하지 않은 맨정신으로 들어왔다. 그런 아버지를 붙잡고 어머니는 어려운 이야기를 꺼냈다. 같이 낳은 자식인데 왜 이야기를 어렵게 꺼내야 하는지, 어렵게 이야기해야만 하는 이 집의 분위기는 어쩌다 이렇게 되었는지 어머니는 한스러웠다.

"병호 아빠, 우리 이야기 좀 해요."

"뭐."

"저기, 병호가 아프대."

"뭐? 사내놈이 어디가 아파?"

"우리 병호가 백혈병에 걸렸대요. 병호 아버지, 우리 병호 어떡하면 좋아요…. 암이래요, 암, 골수암이래."

"이 여편네 지금 뭐랬어? 암? 허 참나, 네가 그동안 애를 뭘 어떻게 해 먹였길래 그런 게 걸려? 그래서 나한테 지금 뭐 어쩌자는 거야. 병원비 달라는 거야?"

"병호 아버지…. 내 가게도 내놨어요. 나 우리 엄마가 물려준 딱 하나 있는 금반지 그것도 팔았어요. 병호 아버지, 어디서 돈 좀 구할 데 없을까요? 병호 아버지…. 그동안 모아둔 돈이라도…."

"장난쳐, 이게 지금? 네가 애만 똑바로 키웠으면 그딴 병에 안 걸렸을 거 아니야. 다 네 잘못이네. 네가 다 책임져. 나는 몰라. 알아서 해. 이놈의 집구석 제대로 돌아가는 게 어디 하나도 없어. 이젠 자식놈까지 아프다고 난리야?"

어머니는 하염없이 울었다. 울고 또 울었다. 모든 것이 다 자기 잘못이라는 생각에 눈물이 마르지 않았다. 병호가 백혈병 진단을 받았을 때부터 가게를 내놓아야 하는 지경에 이르기까지 단 한 번도 눈물 흘리지 않고 참은 어머니였다. 한번 눈물을 흘리면 참을 수 없이 흐를 것 같아 냉정하게 굳은 마음으로 이겨내리라 다짐했다. 그랬던 어머니가 혼자 바닥을 치며 서러이 울었다. 엉엉 소리 내 울었지만 누구 하나 어머니의 작은 어깨를 다독여주는 사람이 없었다.

삶은 누구에게나 고난의 길이다. 그럼에도 불구하고 가끔씩 불어오는 시원한 바람에 웃고, 가끔씩 사랑하는 이의 따뜻한 말 한마디에 견딜 수 있는 것이다. 하지만 병호 어머니에게 닥친 일은 도저히 헤쳐나갈 수 없을 것만 같았다. 가장 현실적인 문제는 돈이었다. '쥐어짜낸다'라는 표현은 이럴 때 쓰는 것일까. 탈탈 털어보아도 병호의 백혈병을 치료하기엔 턱없이 부족했다. 어머니가 친척과 지인들에게 도움을 청하고 다니는 동안 계절은 자꾸만 지나고, 병준은 중학교에 입학했다. 그러나 계절의 변화가 무색한 듯 어머니의 주머니 사정은 겨울처럼 공허했다.

4.

병호는 중학교 2학년 2학기부터 골수암이라는 백혈병과 싸우기 시작했다. 싸움에서 가장 중요한 것은 병호의 면역력이었다. 항암 치료를 잘 받고 이겨내려면 무엇보다 잘 먹어야 했다. 그런데 항암제를 먹고 항암주사를 맞는 동안 내내 구토를 하고 머리카락이 마구 빠졌다. 하지만 병호는 꿋꿋하게 바리캉으로 머리를 밀며 엄마와 병준이를 향해 웃어 보였고, 이왕이면 더 멋져 보이고 싶어 청테이프를 남은 머리카락에 붙였다 세게 떼어냈다.

가끔 혈압이나 체온을 재러 오는 간호사들이 병호를 보고 잘생겼다거나 배우 '장동건'을 닮았다고 할 때면 밥이 맛있게 잘 들어갔다. 병호와 병준은 어릴 적부터 동네에서 소문난 미남 형제였다. 이목구비가 뚜렷하고 특히 눈매가 서글서글했다. 비록 미운 아버지이지만, 비록 안쓰러운 어머니이지만 두 사람을 쏙 빼닮아 어디에서든 수려한 외모로 눈길을 끌었다. 게다가 형제끼리 우애도 좋으니 동네 어른들이 칭찬을 마다하지 않았다.

그런 병호가 2차 성징이 일어날 즈음 간호사들에게 외모 칭찬을 들으니 얼마나 설레고 부끄러웠을까. 사람을 기분 좋게 하는 말 한마디가 면역력을 상승시키는 따뜻한 치료제가 되기도 한다는 것을 병호는 몸소 경험한 것이다.

"아이, 엄마, 나 혼자 할 수 있어요. 이리 줘요. 내 가방은 내가 멜게요."

"병호야, 무리하지 마. 엄마가 할게."

"아, 엄마, 저 괜찮아요!!"

병원에서 1차 항암 치료를 끝내고 퇴원하여 집으로 왔다. 병호는 집에 와서도 여전히 항암제를 복용하고 항암주사를 맞아야 했는데, 주사는 어머니가 병호의 팔에 직접 놓아주었다.

"병호야, 그때 기억나? 처음 대학병원에 검사받으러 갔다 나온 날, 엄마한테 알통 보여주면서 엄마 걱정 말라고 했던 거. 엄마가 이 알통에 이렇게 주사를 놓을 줄은 몰랐네."

"응, 기억나요, 엄마. 근데 내가 걱정시키고 있네, 그치? 그래도 엄마가 주사 잘 놔줘서 고마워요. 엄마가 없었으면 누가 이렇게 놔줬겠어요. 병준이 녀석은 안 돼."

"우리 병호, 많이 힘들지?"

"아니에요, 엄마. 나는 괜찮아. 엄마, 미안해요. 내가 아파서 미안해요."

어머니는 시간이 날 때마다 발품을 팔아 근처 대학에 가셨다. 학생들을 붙잡고 병호의 상황을 이야기하며 혹시 헌혈증이 있으면 얻을 수 있겠냐고 부탁하셨다. 그렇게 여러 곳에서 모인 헌혈증만 수백 장. 모든 것이 어머니의 정성과 노력이었다. 하지만 어머니의 노력만으로는 닿을 수 없는 게 있었다. 바로 '골수이식'.

사실 1차 항암 치료에 들어가면서 병원 측에서는 가장 가까운 직계 가족부터 골수 검사를 해보자고 했다. 그런데 직계 가족이라고 해도 어머니와 병준이밖에 없었다. 서류에 아버지라 적힌 사람은 있지만, 아들이 아프다고 해도 병원 한 번 와보지 않은 사람이니 생각조차 하지 않았다. 그리고 병준이. 어머니는 병준이가 아직 어려서 검사 자체를 받게 하고 싶지 않았다. 그래서 직계 가족은 어머니 혼자. 어머니만 골수 검사를 받으셨다. 그런데 불합치 판정을 받았고 병호와 맞는 골수를 찾는 데는 노력 이상의 것이 필요했다.

"병호 아버지, 골수 검사 한 번만 받아보면 안 될까요. 혹시 모르잖아요."

"됐어. 맞는 사람 어디 나타나겠지. 나더러 그래."

"당신 너무한 거 아닌가요. 남의 자식이 아니라 당신 자식이에요. 사람이 어떻게 이렇게 매정해요."

"뭐어? 네가 뭔데 나한테 이래라저래라야. 그렇게 하고 싶으면 네가 다 퍼서 줘. 네가 동네방네 마구 다니면서 구하면 되겠네."

철컥, 문이 열렸고 그날따라 어쩐지 더 마르고 핏기 없는 병호가 방에서 나왔다. 그 뒤를 따라 병준이 병호의 뒤에 섰다.

"엄마, 저 사람이랑 더 이상 이야기하지 마세요. 혹시 골수 맞더라도 나는 죽어도 저 사람 건 안 받아요. 그러니까 말도 섞지 마세요, 엄마."

"이 새끼가! 야, 최병호, 일로 와 너. 어디 이 새끼가 지금, 어? 저 사람? 내가 네 친구냐, 이 새끼야. 그리고 골수가 맞아도 죽어도 안 받아? 너 덜 아프구나? 확, 진짜, 이 새끼를."

순간 아버지의 펴진 손바닥이 공기를 갈라 병호의 뺨으로 향하려 했다. 엄마는 믿을 수 없다는 표정을 지으며 병호의 머리를 감싸안았다. 병준 역시 놀라서 아버지의 허리춤을 잡고 밀쳤다. 그날 이후 아버지가 집으로 들어오는 날이 점점 줄었고 어머니는 이곳저곳 병호와 맞는 골수를 찾아다니는 동안 시간은 흐르고 있었다. 집에서 어느 정도 시간을 보내다 보니 또다시 병호에게 위기가 찾아오고 다시 입원을 해야 했다. 2차 항암 치료가 시작된 것이다.

"보호자님, 혹시 환자분 동생 골수 검사는 해보셨는지요?"

"아니요. 아이가 아직 초등학교 5학년이라 너무 큰 짐을 지게 하고 싶지 않아서…."

"어머님, 그래도 우선 검사를 받아보는 것이 어떨까 합니다. 솔직히 말씀드리자면 직계 가족이나 친인척 사이에서 합치하는 골수가 나오는 일이 드물긴 합니다. 하지만 골수 이식은 단 1퍼센트의 희망을 걸고 찾아가는 일이니…. 동생분도 한번 검사를 받아보는 것이 어떨까 합니다."

"그럼 혹시 우리 병준이 골수가 맞으면 그 어린아이 골수를 빼낼 수 있다는 말씀인가요?"

“그것도 어디까지나 합치한다는 가정하에 드리는 말씀이라 이게 참, 어렵습니다. 열두 살이라면 혹시 합치하더라도 1년 정도는 더 자란 후에 골수이식을 진행해야 합니다. 그리고 골수이식이 진행된다면 골수를 받는 환자는 수혈받는 것처럼 편안히 받을 수 있지만, 골수를 주는 쪽에서는 전신마취를 하고 골수에서 골수액을 수십 번 꺼내는 작업을 진행해야 합니다. 단, 제가 지금까지 말씀드린 모든 과정은 동생 병준 군과 골수가 합치했을 때의 이야기지만요.”

“알겠습니다…. 우리 병호에게 참 미안한데 제가 병준이에게도 죄를 짓는 것 같아 마음이 너무 아픕니다, 선생님….”

“그러시지요… 어머님. 왜 아니겠습니까…. 여기 소아암병동을 봐서 아시겠지만 한 살배기 아기부터 병호 나이까지 아무것도 모르고 세상에 지은 죄 하나 없는 아이들에게 이런 아픔이 찾아드는 것을 보면 치료하는 제 입장에서도 참 마음이 아픕니다. 아무쪼록 어머님, 잘 생각하셔서 병준 군을 한번 병원에 데려오십시오.”

“예, 선생님. 감사합니다….”

어머니는 병준의 손을 잡고 병원 가는 버스에 올라탔다. 형을 만나러 간다며 신이 난 병준은 형과 가지고 놀 미니카를 들고 노래를 흥얼거렸다. 어머니는 병준의 머리를 쓰다듬으며 살아서 지을 죄는 다 짓고 있다고, 그 벌까지 겸허히 받겠다고 자꾸만 되새겼다.

"엄마, 병원에 가면 형이랑 미니카 가지고 놀 수 있어요?"
"응. 그런데 병준아, 오늘은 가서 형 만나기 전에 우리 병준이도 의사 선생님 만나서 검사받을 게 있어."
"엄마, 나 그거 뭔지 알아요. 그때 아빠랑 엄마 싸우면서 하는 이야기 들었어요. 나 그거 골수 검사 받아서 형한테 내 거 다 주고 싶어요. 그러면 형아 다 낫는 거예요? 이제 형이랑 축구도 같이 할 수 있는 거죠?"
"아유, 우리 병준이 다 컸네. 착해라."

병준은 병호가 처음 이 병원을 찾았을 때처럼 어리둥절하면서도 당당한 자세로 검사대에 누웠다. 옆으로 최대한 웅크렸다. 형을 위해 받는 검사라 하니 조금도 무섭지 않았지만, 열두 살 아이가 받아내기엔 너무도 고통스러운 과정이었다. 병호처럼 이를 꽉 깨물고 참기에는 고통에 익숙지 않았으므로 이내 큰 울음이 터지고 말았다.

병호는 가끔 병준이 병문안을 와서 형을 쳐다보는 게 싫을 때가 있었다. 자신도 이해할 수 없는 감정이었다. 그냥 싫었다. 형으로서 무기력한 모습을 보이기도 싫고, 동생의 작은 손에 구질구질하게 망가진 채 들려 있는 미니카도 이제는 남 보기에 부끄러웠다. 어쩌면 병호는 동생이 부끄러웠을까. 힘센 병마 앞에서 지지 않으려 늘 이를 꽉 깨물던 병호. 그러다 보니 마음의 여유도 사라지고, 남에게 베풀던 사랑도 사라지고, 동생과 놀아주던 장난기도 사라져버렸다.

"형아, 나 미워?"

"……."

"형, 나 오늘 등에 주사 꽝 맞고, 드드드득 드드드득 엄청 아픈 거 했어! 그런데 그거 내 몸에 있는 거 형아한테 주려고 하는 거라 그래서 꾹 참았어. 사실 엄청 조금 울긴 했는데, 형아, 나 잘했지?"

"야, 최병준, 시끄러워. 야, 인마, 너 집에 가."

"형… 왜 그래?"

"아, 꼴 보기 싫어. 꺼져."

병호의 2차 항암 치료 초기 그리고 병준의 골수 검사 결과를 하루 앞두고 있었다. 여느 날과 다름없이 구토하는 소리가 울리고, 환자인지 보호자인지 모를 울음소리가 울려퍼지는 병실. 이곳에서는 병호가 가장 최고령 환자다. 병호 오른쪽에는 태어난 지 한 살 된 아기, 병호 앞쪽에는 세 살 된 아기 그리고 대각선으로 여덟 살이 되었지만 초등학교 1학년은 되지 못한 아이까지. 이 조그마한 아이들이, 소리 내어 우는 것 말고 아무것도 할 수 없는 이 아이들이 자신이 받는 치료와 검사를 모두 받고 있다니, 병호는 너무도 마음이 아팠다. 병호의 긴 양팔이 딱딱하게 뭉쳐 더 이상 주삿바늘을 꽂을 수 없는 상황이 되어도 어딘가에 바늘을 꽂아 약을 투여해야 했다. 몸집이 작고 연약한 아기들은 하다못해 머리나 발가락에도 주사기를 꽂아야 했다. 병호는 그들 사이에서 더 굳건해져야 함을 느꼈다. 그래서 아기들에게 나을 수 있다는 것, 형처럼 오빠처럼 꼭 이겨낼 수 있다는 것을 보여주고 싶었다.

"엄마, 무슨 일 있어요?"

"응? 아니야. 엄마 아무 일도 없어."

"엄마, 돈 때문에 그래요?"

"아니야, 병호야. 너는 그런 걱정 하지 마. 더 치료받고 다 나을 때까지는 엄마가 다 알아서 할게. 그러니까 우리 병호, 밥 못 먹겠어도 더 잘 먹어야 해. 엄마 없을 때 입맛 없다고 다 버리지 말고. 꼭 먹어야 해. 병호야, 엄마는 우리 병호 믿어. 우리 병호 괜찮아. 다 괜찮아질 거야, 병호야."

어머니는 병호의 손을 잡았다. 병호는 어머니 손이 자기의 볼을 쓰다듬던 그 보드라운 손이 아님을 느꼈다. 엄마 손이 언제부터 이렇게 거칠어졌는지, 엄마 얼굴이 언제 이렇게 더 야위었는지, 모든 게 다 자기 때문인 것 같아 포기하고 싶었다. 괜히 부끄러워 눈물을 훔치려는 찰나 병실 문이 열리고 회진 시간도 아닌데 의사가 들어왔다.

"보호자분, 밖으로 잠시 나오시겠습니까? 골수 검사 관련해서 드릴 말씀이 있습니다."

"네? 네…."

"병호가 어머니께서 알다시피 항암 치료를 진행하며 잘 버텨주고는 있지만, 저희 노력만큼 백혈구 수치가 낮아지진 않았습니다. 지금 상태로는 골수이식이 가장 적합하고 또 완치할 수 있는 빠른 방법인데…. 저번에 병준 군이 골수 검사 받고 간 것 있지 않습니까…. 결과가 나왔는데 말입니다…."

"네, 선생님, 말씀하세요. 가족은 일치하기 많이 어렵다고 하셨죠. 괜찮습니다. 말씀하셔도…."

"네, 그렇죠, 어머님. 그런데 참 이런 일도 가끔 있으니 우리가 기적을 믿나 봅니다. 병준 군의 골수가 병호 군과 99퍼센트 이상의 확률로 일치합니다."

"네? 선생님, 방금 뭐, 뭐라고 말씀하셨어요? 우리 병호가… 우리 병준이가…."

"네, 어머님. 그런데 한 가지 걸리는 것이 병준 군 성숙도입니다. 아직 열두 살은 골수를 주기에 어리다는 판단이 내려져 1년 정도 상황을 봐가며 기다려보자는 의견이 나오고 있습니다. 게다가 골수이식 자체는 비용이 또 만만치 않으니 이 부분은 원무과와 상의를 한번 해보시고요. 우선 그럼 병호 2차 항암 치료는 계속 진행하며 지켜보겠습니다. 어머님, 그래도 다행입니다."

"아이고… 선생님 제가 어떻게 해서든 돈은 마련해 와야지요. 아이고, 고맙습니다, 고맙습니다. 아이고, 감사합니다, 고맙습니다."

어머니는 의사가 떠난 자리에서도 자꾸만 허리를 숙여 감사하다고 말했다. 눈물과 콧물이 뒤범벅된 얼굴이지만 입가에는 몇 년 만에 겨울을 이겨내고 피어난 맑은 꽃 한 송이처럼 옅은 미소가 번졌다.

5.

"한 통화에 2000원! 따뜻한 사랑을 전해요! 어려운 이웃의 아픔을 함께 느끼며 작은 정성을 나누어 희망찬 세상을 만들어가고자 합니다. 소년소녀 가장, 결식아동, 장애인과 어려운 환경 속에서 희귀질환이나 백혈병 등 난치병으로 힘겨운 하루를 보내는 사람들에게 힘이 되어주세요!"

병실 TV에는 토요일 저녁마다 방송하는 〈사랑의 리퀘스트〉가 나오고 있었다. 어려운 상황에 놓여 있는 사람들의 사연이 전파를 타고 전국 각지에 방송되면 전화 한 통에 2000원씩 기부를 받아 사연의 주인공에게 전달하는 프로그램이다. 병호의 어머니는 〈사랑의 리퀘스트〉에 나오는 주인공을 보며 자기도 저렇게 다른 사람들의 도움을 받을 수 있을까 생각했다. 병호의 골수이식 수술 비용을 위해서라면 공사 현장에 나가서라도 돈을 벌어 와야 하는 처지였다. 그녀는 그때부터 짬짬이 메모장에 맞춤법은 어긋나지만 최선을 다해 지금까지의 모든 이야기를 글로 풀어갔다. 부끄러울 것이 없었다. 아이가 건강해지기 위해서라면 남에게 받는 도움이, 자기 자신의 치부가 드러나는 일이 조금도 두렵지 않았다. 그녀는 남편의 손찌검부터 병호의 상황과 엄청난 확률로 들어맞은 골수가 병호의 친동생이라는 것, 하지만 돈이 없어 골수를 눈앞에 두고도 수술을 받을 수 없을지 모른다는 이야기까지 빠짐없이 써내려갔다.

삶이 이토록 바닥까지 내려올 수 있나 싶었다. 인생사 새옹지마라더니, 인생은 롤러코스터 같은 거라 내려갈 때가 있으면 올라갈 때도 있는 거라더니, 그녀가 딛고 있는 이 땅의 바닥은 어디까지기에 이렇게 자꾸 내려가기만 하는지 하늘이 원망스러웠다. 하지만 그녀는 늘 마음에 되새겼다. '터널은 끝이 있다. 이 긴 터널은 끝이 있다. 조금만 더 가면 빛이 보일 것이다. 터널은 언제나 끝이 있었으니까.'

"여보세요? 네, 안녕하세요. 〈사랑의 리퀘스트〉 담당 작가입니다. 보내주신 사연 잘 읽었습니다. 병호 사연이 채택되어서 촬영도 하고 방송으로 도움을 드리고 싶은데, 혹시 어머님 괜찮으실까요?"

"세상에… 안녕하세요. 어쩜 좋아요. 세상에, 너무 고맙습니다. 당연히 되지요. 저희는 지금 병원에 있는데, 병원 측에 제가 물어봐야 할까요? 아이고, 작가님, 피디님, 고맙습니다."

"좋으시지요, 어머님? 저희도 도와드릴 수 있어 기쁩니다. 그래도 아직 방송이 되거나 한 게 아니니까 천천히 저희가 준비해볼게요. 어머님, 병원 측에는 저희가 전화를 드리고 승인받을 테니, 어머님께서는 저희와 따로 병원 근처나 댁에서 촬영에 참여해주시면 됩니다. 어머님, 그럼 다시 또 전화를 드리겠습니다."

"네, 그럼요, 얼마든지요. 아이고, 고맙습니다, 정말 고맙습니다."

전화를 끊고 어머니는 또다시 되새겼다. '그래, 터널은 언제나 끝이 있었잖아. 빛이 보일 거야. 터널 끝에 다 도착했나 보다. 터널은 끝이 있으니까.' 그렇게 2001년 봄에서 여름이 되어갈 무렵 병호 이야기가 전파를 탔다. 혈액암 병동에서 병호를 아는 의사, 간호사, 환자 그리고 보호자들이 한데 모여 TV를 틀었다. 프로그램에서 다룬 병호의 모습은 병원에서 항암 치료를 하는 과정이었고, 아프기 전에 찍은 병호의 사진 그리고 병준이가 집에서 형을 애타게 기다린다는 것을 다루었다. 그날 방송 도중에 걸려온 전화가 5250통으로 총 1050만 원이 모였다. 그 돈은 고스란히 병호의 어머니에게 전달되었다. 방송을 마치기에 앞서 마지막으로 진행자의 멘트가 병호의 귓잔등을 때렸다. 병호는 진행자의 말을 듣고 견딜 수 없는 감정에 눈물을 주체하지 못했고 동시에 분노를 느꼈다.

"여러분, 병호는 백혈병에 걸려 항암 치료를 받고 있습니다. 그런데 호전되지 않아 어려움을 겪는 와중에 병호에게 기쁜 소식이 생겼습니다. 병호의 골수와 거의 99.5퍼센트로 일치하는 골수 기증자를 찾은 것인데요, 그 사람은 바로 병호의 동생 열두 살 병준이라고 합니다. 병준이에게 골수를 받기 위해서는 비싼 수술비가 필요합니다. 딱 맞는 골수 기증자를 곁에 두고도 수술비가 모자라 이식을 받지 못한다면 얼마나 안타까울까요. 여러분의 도움이 필요합니다. 병호에게 희망을 선물해주실 분은 화면 아래로 나가는 번호로 전화 주시면 감사하겠습니다. 한 통의 전화로 꺼져가는 생명에 불씨를 지펴주십시오. 여러분, 여러분의 전화를 기다리고 있습니다."

병호는 자기가 골수를 이식받으리란 걸 알고는 있었지만 그 골수가 동생 병준의 것이라고는 생각하지 못했다. 방송에서 그 이야기를 듣고 나니 지난번 병준이 병원에 놀러 왔을 때 짜증을 부리고 심한 말을 한 게 큰 후회가 되었다. 그리고 병호는 죽는 한이 있어도 동생 병준의 골수는 받지 않겠다고 다짐했다. 골수 검사만 해도 얼마나 힘든 일인지 알고 있기에 그 고통을 어린 동생에게 오랜 시간 몇 번이나 감당시키고 싶지 않았다.

"엄마, 사람들이 우리 많이 도와줬어요?"

“응, 병호야, 너 골수이식 수술 받을 수 있어. 너무 감사하게도 많은 사람이 우리 병호를 도와주셨어.”

“엄마, 그런데 나 병준이 아프게 하고 싶지 않아요.”

“병호야, 엄마 마음도 그래. 그래도 의사 선생님이 병준이는 괜찮다고 하셨어. 그러면 병준이도 우리 병호도 모두 다 건강하게 지낼 수 있잖아. 병호야, 우리 두 아들 모두 엄마한테는 보물이야.”

“엄마, 나 병준이한테 너무 미안해요.”

“수술 잘 받고 건강해져서 병준이랑 놀아주고 좋은 형이 되어줘. 그러면 돼. 병준이가 그러면 다 괜찮다고 할 거야. 너무 걱정 마, 병호야. 우리 병호 괜찮아. 다 잘될 거야.”

병호는 어머니 말에 수긍하면서도 병준에게 미안한 마음을 지울 수 없었다. 게다가 지난번 병문안 왔을 때 있는 짜증 없는 짜증 다 부린 것이 괜히 더 미안했다. 꺼지라는 형의 말에 멍한 표정을 짓던 그 작은 아이가 한 장의 사진처럼 머리에 찍혀 있었다. 병호는 동생 생각에, 어머니는 두 아들 걱정에 한동안 말이 없었다. 침묵이 깨지는 것은 언제나 불운의 징조였던가.

"최병호 환자 보호자분, 여기 환자 아버지께서 면회 오셨는데 곧 들어오실 거예요. 지금 소독 중이세요."

"네? 병호 아빠가요?"

거짓말 같은 일이라고 생각했다. 그렇게 정이 없는 사람도 자기 자식 걱정은 하는구나, 하며 안도했다. 비록 병원비 한 푼 보태지 못해도 아들이 아픈데 한 번도 안 와볼 수는 없는 일, 조금이나마 남편이 고마웠다.

"당신, 병호 보러 왔어요? 여기까지 오느라 힘들었죠? 뭐 좀 마실래요?"

"그래, 마실 것 좀 가져와봐."

"병호야, 아빠 오셨잖아. 속이 또 메슥거려서 그래? 아빠 얼굴 좀 봐, 병호야."

병호는 괜찮던 속까지 역겨웠다. 아버지의 목소리만 들어도 온몸에 소름이 돋아 견딜 수가 없었다. 아버지를 밖으로 내보내달라고 말하려는 찰나 아버지가 숨을 비집고 들어와 먼저 이야기를 꺼냈다.

"방송 탔더라? 나를 아주 질 나쁜 놈으로 만들어놨어."

"당신, 나는 병호 하나 보고 그렇게까지 방송에서 내 치부를 드러냈어요. 그런데 지금 그걸 따지러 온 거예요?"

"이게 또 말대답이네. 여기가 집이 아니라서 배짱이 두둑한 거야, 뭐야?"

"병호 보러 온 거면 조용히 병호 보고 가세요. 안 그래도 기력 떨어지는 애 앞에서 이게 무슨 모습이에요?"

"그래, 간다, 가. 그 뭐냐, 사랑의 리크스? 뭐, 그걸로 돈은 좀 벌었냐? 얼마 벌었냐? 뭐 좀 듣자 하니 꽤 들어왔다던데, 내 몫도 있는 거야, 그거?"

"사람도 아니네요, 당신은, 정말."

"사실이잖아. 네가 날 나쁜 놈 만들어서 불쌍한 척 연기했잖아. 그래서 인간들이 속아빠져 전화통 붙들고 돈 보낸 거 아니냐. 하여간 대한민국 인간들 참 잘 속아. 눈물 한 방울 흘려주면 그저 진짜 줄 알지. 하여튼 돈이나 부쳐."

그렇게 아버지가 다녀가고, 병호는 다음 날 아침까지 이불을 뒤집어쓴 채 일어나지 않았다. 너무 많은 눈물을 쏟으면 눈을 뜨기가 힘들고 온몸에 힘이 없어졌다. 몸속 어디에 구멍이라도 내고 누군가 병호의 수분을 쪽쪽 빨아먹는 것 같았다. 힘을 내야 했다. 병호는 이대로라면 당장 내일이라도 죽을 것 같았다. 병호는 병과 싸우려면 정신력이 중요하다는 걸 깨달았다. 아무리 약이 잘 들고 체력이 좋아도 본인의 의지가 서지 않으면 몸이 따라주지 않았다. 아버지가 다녀가고 며칠간 병호와 어머니는 의지 자체를 상실했다. 어머니는 인생사 롤러코스터라는 것을 믿지 않았다. 하지만 병준의 골수가 병호와 합치한다는 것, 사연이 선택되어 방송에서 도움을 받았다는 것. 다른 사람들의 일인 줄로만 알았던 행운이 자신에게 찾아 깃들었을 때, 비로소 어머니는 롤러코스터에 앉아 있는 자신의 모습을 보았다. 인생은 롤러코스터. 아버지가 돈을 달라며 다녀간 그날, 그녀가 탄 롤러코스터는 조금 상승하다 그마저 놀리기라도 하듯 바닥으로 곤두박질을 쳤다.

6.

병호는 2차 항암 치료를 끝내고 3차 항암 치료 초반에 접어들면서 몸 안의 암 덩어리를 '관리'하는 수준으로 최선을 다했다. 그렇게라도 병호가 하루 빨리 건강하게 자라주기를,

골수이식 수술을 할 수 있을 만큼 면역력이 높아지기를 바랐다. 그 시기가 성큼 다가옴은 또다시 찾아온 여름의 열기가 알려주었다. 뜨거운 열기 속에서 점심시간만 되면 축구를 하던 병호에게 1년의 시간은 속절없었다. 그야말로 '어쩌다 보니' 1년이었다. 그사이에 병준은 더 튼튼한 청소년이 되었고, 형에게 골수를 나누어줄 몸과 마음이 준비되었다.

병호의 골수이식 수술은 또 한번 롤러코스터에 탄 어머니와 병호를 붕 띄워 올렸다. 병호에게는 수술로 병을 완치할 수 있을 거라는 희망, 어머니에게는 다른 병원에서 수술이 진행될 거라는 소식. 사실은 그랬다. 골수이식 수술은 조금 더 기술이나 인술이 저명한 곳에서 이루어져야 했으므로 매번 아버지가 찾아와 돈을 달라며 난동을 피우던 병원에서 도피할 수 있었다. 어머니에게 그것은 자기 인생에서 꼭 잡아야 할 기회라면 기회였다. 병호와 병준에게 계획을 설명하고 어머니는 아버지가 없는 오후 시간을 틈타 집에서 옷가지 몇 벌과 아이들의 짐을 챙겨 도망쳤다. 분명 그녀 인생에서 몇 없는 능동적 순간이었다. 부모님이 짝 지어준 남편을 만나 흘러가는 대로 아이를 낳고 그마저 모성애로 책임지기 위해, 먹고살기 위해 내던져진 삶. 그것은 어머니가 수동적일 수밖에 없던 명백한 과거였다. 짐 보따리를 양 어깨에 둘러메고 두 손 가득 무거운 가방을 쥐었지만 그것은 자유의 무게였다. 병호의 병원으로 가는 발걸음이 그토록 가벼운 적이 없었다. 때마침 흐르려는 눈물을 하늘을 바라보며 참아올려두었다. 그리고 어머니는 모든 것이 괜찮아지면 목 놓아 누구보다 크게 울어줄 테니, 이제 다 끝나가니 조금만 기다려보라고 스스로에게 이야기했다.

"병준아, 형 안 밉냐?"

"뭐 그런 걸 물어. 나 옛날 꼬맹이 아니야. 이 알통 봐. 형은 그냥 가만히 누워서 내 골수나 잘 받고 일어나."

"그래, 있잖아, 저번에."

"저번에? 뭐?"

"최병호 환자분, 보호자 어디 가셨어요? 이제 무균실로 옮겨야 되거든요. 어머니 오시면 호출해주세요."

"네."

"형, 뭐? 저번에? 언제?"

"아냐. 엄마 봤어? 밖에 엄마 계시나 좀 보고 와라."

병호는 입 안 가득 나뒹구는 미안함의 모음과 자음을 소리로 만들지 못했다. 병문안 오는 병준이에게 종종 짜증을 내고 집으로 가라 쫓아버린 게 어쩐지 자꾸 마음에 걸려서. 지금이 아니면 전하지 못할 말이 되어버릴 것만 같은 불길한 예감이 들었다. 그럼에도 불구하고 미안하다는 그 단순한 말은 결국 병준에게 전달되지 않았고, 병호는 3주간 무균실로 들어갔다.

사실 병호에게는 무균실이라고 크게 다를 것이 없었다. 각 자리마다 비닐 천막을 두르고, 화장실이라고 칭하기도 어려운 간이 변기가 침대 옆에 있었다. 매번 보는 소변과 대변은 간호사들이 일일이 검사하고 상태를 물어보았다. 병호의 두 팔은 더 이상 바늘이 들어갈 구멍조차 없을 정도로 딱딱하게 뭉치고, 잘못 움직이기라도 하면 혈관이 움직여 약이 제대로 들어가지도 않았다. 피를 뽑아 지속적으로 수치를 확인해야 하는 터라 오른쪽 위 가슴팍에 구멍을 뚫어 고무관을 심었다. 주삿바늘을 매번 꽂지 않고 바로 정맥피를 간호사들이 가져갔다. 병호는 그렇게 3주를 보내며 골수이식 수술을 기다렸다. 이상하게도 병준은 한 번도 병호를 보러 오지 않았다. 오히려 잘된 일이라 생각했다. 괜히 병준의 얼굴을 보면 미안함에 고개를 들 수 없을 것 같았다.

"병호, 지금부터 골수이식 진행할게요."

"네? 여기서요?"

"네. 수액 들어가듯이 몸으로 들어가는 거예요. 섞여도 되는 다른 수액이랑 같이 흐르게 해뒀으니까 누워서 맞고 계시면 됩니다."

"엄마, 엄마, 병준이는요? 이거 병준이 거예요? 병준이는 괜찮대요?"

"응, 병호야, 병준이 괜찮아. 몸이 이상하지는 않아?"

병호와 어머니가 지난 1년 동안 간절히 바란 순간이었다. 골수를 이식받아 새 생명을 얻는 것. 그런데 이렇게 간단한 일인지 몰랐다. 전신마취라도 하고 골수 검사를 받을 때처럼 기분이 좋지 않아도 꼭 받고 싶다고 늘 꿈꿔왔다. 그런데 수혈팩처럼 빨간 저 링거가 그토록 바라던 골수인가. 저게 병준이 몸에서 나온 것인가. 평생 병준이에게 갚아야 할 빚이라고, 이식이 잘되고 완치가 되면 매일 병준이랑 놀아주고 이야기를 들어주겠다고 다짐했다. 병호는 병준의 골수가 어떻게 채집되어 왔는지 모르는 편이 나을 뻔했다. 병호의 곁을 지키는 간호사 선생님께 묻지 않아도 될 질문을 해서 우울함과 미안함을 더했다.

"선생님, 병준이는 저 골수 검사 받을 때처럼 하고 있는 거예요?"

"음, 병호야, 그건 아니고, 병준이는 지금 전신마취해서 수술실로 들어갔어."

"네? 전신마취요? 왜요?"

"병호도 골수 검사 받을 때 많이 아팠지?"

"네, 다신 받고 싶지 않아요. 제 허리뼈에 우직하게 드릴을 박고 뚫는 것 같았어요."

"응, 병준이 골수가 저만큼 담겨 오려면 그 과정을 수십 번 반복해야 하거든. 그리고 병호도 이렇게 이식받는 걸, 오늘 한 번만 맞는 게 아니라 어쩌면 두 번 이상 맞아야 할 수도 있어. 그래서 병준이 몸에서 골수를 여유롭게 뽑아야 하거든. 그러면 병준이가 많이 고통스러울 수 있어서 전신마취를 하고 진행하는 거야."

나는 이렇게 쉽게 수액 맞듯이 받고 있는데, 병준이는 그렇게 힘들게 나한테 주고 있단 말인가? 난 언제나 병준이한테 받기만 했는데. 병준이는 나 때문에 전신마취까지 해서 그 고통을 제 몸으로 다 견디고 있다니, 나 진짜 병준이한테 잘해줘야겠다. 좋은 형 돼야겠다. 퇴원하면 재밌게 놀아줘야지. 같이 축구도 해야지. 물놀이도 가야지. 병호는 되뇌고 되뇌었다. 병준이 얼굴을 보면 고맙다, 미안하다, 말해야겠다고.

"엄마…."

"응, 병준아, 괜찮아?"

"엄마… 형은?"

"형은 이식 잘 받고 있어. 병준이는 어때, 안 아파?"

"저는 괜찮아요. 형이 보고 싶어요."

"의사 선생님이 병준이 아직 움직이면 안 된대. 나중에 형 만나러 가보자."

"응, 엄마…. 이제 다 끝난 거 맞죠? 우리 이제 다 안 아플 수 있는 거죠? 형도 안 아프고 엄마도 이제 안 우는 거 맞죠?"

병준은 희생이라고 생각하지 않았다. 형과 같은 피를 만들어준 어머니에 대한 보답이자 형제로서 마땅히 해야 할 일이라 생각했다. 나이에 맞지 않게 어른스러운 병준의 깊은 속내는 지난 1년의 송곳 같은 시간이 만들어준 그림자였다. 병준은 병호의 꺼져가는 불씨에 활활 타오르는 횃불을 넣어주었다. 병호의 몸에서 고장난 채 제멋대로였던 B형 불씨는 건강하고 활력이 넘치는 AB형 불씨로 다시 병호의 몸을 채워갔다. 그랬다. B형이던 병호는 비로소 AB형이 되었다.

병호는 골수이식을 받으면서, 그리고 이식 후에도 한동안 철저하게 몸의 반응을 살펴야 했다. 이식 도중에는 다행히 오한, 구토, 발작, 가려움이 없었지만 이식 후에 찾아올 수 있는 부작용에 대비해야 했다. 병준의 골수를 여유 있게 받아 얼려둔 터라 발생할 수 있는 응급 상황에 곧바로 대응할 수도 있었다. 99.5퍼센트의 확률. 기증자와 이식자 사이에 자주 볼 수 있는 확률도 아니며, 그것이 병호와 병준처럼 피를 나눈 형제인 경우도 드물다. 우리가 아무렇지 않게 잠에서 깨어나 화장실 가고 아침을 먹고 약간의 하품을 하고 짜증을 내며 등교 또는 출근을 하는 시간에 생사의 기로에 서서 어디로 가야 할지 길을 잃은 채 어둠 속에 손을 뻗고 있는 환자가 수없이 많다. 두려움과 불안은 병을 더 크게 만들기도 하는데, 의지할 곳 없이 무기력에 빠지거나 나빠질 걱정에만 매달리는 것도 치료에 도움이 되지 않는다는 것을 병호는 알고 있었다. 그저 감사하는 것만, 면역력을 높이고 체력을 다지는 것만 생각해도 벅찼다. 다행히 이식 후 호전된 반응을 몇 주간 더 살펴본 후 병호는 퇴원을 했다. 병원을 나왔지만 다시 돌아갈 집은 없었다. 병호는 마음과 다르게 금세 짜증이 치솟았다.

"아, 엄마, 어디로 가는 거야? 나 힘들어."

"우리 외할머니한테 가야 돼, 병호야. 버스만 타면 되니까 저기까지만 걷자, 병호야, 응?"

"아, 싫어요. 나 못 걸어요. 이게 뭐예요. 걷기 싫다고요. 힘들어 죽겠다고."

"… 그래, 택시 타자, 그럼. 저기요, 택시!"

병호보다 더 강한 마음으로 병호를 지켜보던 어머니는 목끝까지 타올라오는 울음을 삼켜야 했다. 누군가 차를 태워줄 사람 하나 없다는 사실에 스스로 화가 나고, 아프지만 그 짜증을 다 받아내줄 사람은 엄마밖에 없어 당신만 바라보는 병호를 보니 더 서글펐다. 입술이 시퍼렇게 변할 때까지 꽉 깨물고 택시를 잡았다. 어머니와 병호는 충북 음성 외가댁까지 내려가는 택시 안에서 한마디도 나누지 않았다. 미리 외가에 가 있던 병준은 병호가 그리도 반가웠다. 골수를 기증하면서 받은 아픔은 모두 과거로 지나갔고, 그 아픔보다 다시 예전처럼 형과 지낼 수 있다는 설렘이 더 앞섰다.

"형, 왔어? 오, 머리 좀 더 자란 것 같은데, 간호사 누나들 사이에서 인기 많았다며? 내가 가니까 또 다들 나더러 잘생겼다고 난리시던데? 인기는 금방 이렇게 뺏기는 거야."
"참나, 몸 괜찮냐?"
"응, 나야 멀쩡해. 형이나 신경 써. 뭐냐, 그게. 이제 그만 좀 아프고 나한테 좀 잘해, 알았냐?"
"그래. 야, 나 좀 귀찮고 힘들어. 다음에 이야기하자."
"에이, 뭐야. 내가 그렇게 건강한 걸 줬는데도 이럴 거야?"
"야, 최병준, 시끄러워, 나가."

"알겠어. 형 필요한 거 있으면 불러. 나 밖에 있는다."

함께 공을 차고 미니카를 가지고 놀던 때가 고작 1~2년 전인데 병호는 이렇게 거리감이 느껴질 줄 몰랐다. 병호는 알고 있었다. 같이 보낸 시간이 적어서가 아니라는 것을. 병준은 그대로지만 병호 자신이 병준을 밀어내고 있다는 것을 알았다. 병호는 병준에게 미안해서 어쩔 줄을 몰랐다. 분명 퇴원하고 병준에게 가면 아프기 전처럼 지낼 수 있을 줄 알았다. 아직 완치하지 않은 탓도 있지만, 감정적으로 설명할 수 없는 무언가가 목에 갇힌 생선가시처럼 걸리적거렸다. 하지만 그런 병호의 속사정을 모두 아는 것처럼 병준은 형에게 다가갔다. 더 장난을 치고, 더욱 잘 챙겨주고, 살던 곳이 바뀐 데다 아직 학교를 가지 못해 아무도 알지 못하는 낯선 곳에 대한 두려움까지 떨쳐주려 애썼다.

"형, 오늘 같이 우리 동네 피시방 가자."
"싫어."
"아, 왜, 가자, 형."
"아, 귀찮아."

"형, 나한테 미안해서 그러지? 최병호 동생 14년 차면 다 알 수 있지. 형, 안 그래도 돼. 뭐 그런 것 가지고 그러냐. 나 나중에 혹시 사고 나면 피 부족할 때, 형 몸에 있는 거 그대로 나한테 꽂아도 돼. 크크, 안 그래? 아, 그러니까 안 어울리게 그러지 좀 마, 형."

"야, 최병준, 네가 뭘 안다고 그래."

"에이, 내가 모를까 봐?"

"괜찮다고, 형. 가자, 우리. 만날 이렇게 방에만 있어도 안 좋아. 피시방 가서 미리 친구도 좀 사귀고 해. 이 동네 축구 누가 가장 잘하나 내가 좀 알아봐줘?"

"인마, 너 다 컸다. 휴, 그래, 가자."

7.

음성중학교 3학년 2반 31번 17세, 최병호. 병호는 경기도 성남에서 중학교 2학년 때까지 다니다 학업을 중단해야 했으므로 열일곱의 나이에도 중학교 3학년 교실에서 남은 교육 과정을 마쳐야 했다. 사실상 미처 다 마치지 못한 중학교 2학년 과정은 학교 측의 배려로 형식상 진급이 된 셈이었다. 병호는 한 살 어린 동생들과 같은 반에서 지낸다는 것이 크게 낯설거나 어렵지 않았다. 아팠던 사실 또한 남들보다 많이 짧은 머리 탓에 숨기려 해도 숨길 수 없는 일이었다. 그럴 때마다 병호는 아무렇지 않게 지난일을 이야기했다. 마치 없었던 일처럼, 마치 고통을 겪어보지 않은 것처럼 말이다.

병준은 같은 학교 1학년이었다. 초반만 해도 형제는 등하교를 언제나 같이 하고, 병준이 병호를 알뜰살뜰히 챙겼다. 병호는 그런 병준이 고맙고 미안한 한편 형으로서의 책임감이나 든든함을 주지 못해 창피한 적이 많았다. 형의 마음을 알면서도 병준은 병호에게 살갑게 대했다. 이유는 다른 데 있는 것이 아니었다. 병준은 병호가 아파 병원에서 지내는 동안 비로소 형의 자리가 어떤 것이었는지 느꼈다. 폭력적인 아버지와 두 아들 사이에서 매일매일을 전전긍긍하며 살아온 어머니. 병호는 아버지로부터 어머니를 보호하면서 병준을 돌보고 챙겨야 했으니까. 적어도 아프기 전까지는 말이다. 그래서 병호가 병원에 있는 동안 집에 혼자 남은 병준은 달라지겠다고 다짐했다. 형에게 갚아야 할 것이 생겨서, 줄 수 있어서 기뻤다. 골수를 줄 수 있어 행복했고 몇날 며칠 약해진 형을 보살피며 형이 다시 강해질 때까지만이라도 형을 대신하겠노라 다짐했다.

병준의 굳은 다짐은 어쩐지 1년의 시간도 지나지 않아 무색해졌다. 형제 사이는 맞춰지듯 하면서도 어긋나기 일쑤였다. 아팠던 일도, 골수를 기증하고 이식받은 일도 모두 까마득한 과거가 되어버린 것처럼 말이다. 그들에게도 비껴갈 수 없는 사춘기가 찾아들었고 가족보다 또래 친구들과 보내는 시간이 잦아졌다. 한 달, 석 달 그리고 6개월 1년이 지나가면서 열여덟의 병호는 점차 예전의 모습을 되찾아갔다. 듬성듬성 머리카락이 채워졌고 야위고 거뭇하게 죽어가던 피부들이 다시금 생기로 차올랐다. 병호는 그토록 좋아하는 축구를 다시 할 수 있었고, 이제는 친구들과 농구도 즐겨 했다. 병호를 처음 보는 사람이라면 그 누구도 2~3년 전에 백혈병을 앓았을 거라 짐작할 수 없을 정도였다. 열다섯의 병준 역시 2차 성징을 겪으며 어깨가 벌어지고 근육이 더 단단해졌으며 형보다 큰 키를 자랑했다. 형제는 그렇게 같은 시간 속에서 다른 방향으로 웃자라는 나무처럼 극으로 치닫는 듯했다.

"엄마, 나 애들이랑 농구하고 올게요."

"형, 나도 가면 안 돼?"

"어, 안 돼."

"왜, 나도 형 친구들이랑 농구하고 싶어."

"야, 낄 데 껴."

"말을 왜 또 그렇게 하냐…."

"병호야, 너 동생한테 말 그렇게밖에 못 해?"

"아, 뭐요. 다녀올게요."

병호는 대문을 닫고 걸어나오는데, 뒤통수가 시린 기분과 함께 곧바로 밀려드는 후회에 기분이 좋지 않았다. 그깟 농구가 뭐라고, 같이 가서 해도 되는데. 그러지 않기로 했으면서 동생에게 말할 때면 언제나 짜증이 섞여 나오는 자신이 미웠다. 학교와 일상이 달라지면서 하루 온종일 마주치지 못하는 날이 더 많은데, 먼저 말을 걸어준 동생에게 오히려 고마워해도 모자랄 순간이었다. 사람의 말은 내뱉어지지 못해 후회할 때보다 덩그러니 내뱉어지고 나서 후회할 때가 많으며, 후회해도 결국은 잘 변하지 않는다. 자꾸만 후회라는 블록을 쌓아가는 병호는 그 위태로운 블록이 언젠가 와르르 무너져버릴까 봐 무서웠다. '그래, 지금 이 시기만 지나면 되겠지. 병준이도 대학 가고 나도 학교 가면 그때 웃으면서 이야기할 날이 오겠지 뭐.' 병호는 시간이라는 무서운 녀석은 절대 우리를 기다려주지 않는다는 것을 다시 한번 머리에서 놓치고 말았다.

2년 뒤 병호는 스무 살이 되었다. 급성백혈병이 발병하고 동생 병준의 골수를 이식받은 지 햇수로 5년이었다. 통상적으로 골수이식 후 5년이 지나고 혈액 검사와 골수 검사를 통해 이상이 없을 경우 완치 판정을 받는다. 병호는 그동안 주기적으로 병원을 다니며 혈액 검사를 받아왔고 경과를 꾸준히 지켜보았다. 이식 후 면역력을 높이는 데 온 가족이 잘 도와주었고, 병호 자신도 체력을 쌓기 위해 좋아하는 운동을 열심히 한 결과 아주 기분 좋은 소식을 들은 것이다.

완치. 병이 완전히 나은 상태를 이르는 말이다. 경미한 질병부터 중증의 불치병까지, '완치'라는 단어를 주치의에게 듣고 싶어 하는 환자만 해도 우리가 상상하는 그 이상의 숫자일 것이다. 누군가에게는 꿈의 단어일 수 있고, 또 누군가에게는 하염없이 바라고 바라다 어제를 끝으로 다시는 불러 볼 수 없는 단어가 되었을지도 모른다. 긴 시간이 흘러 환자 본인뿐만 아니라 주변 사람들의 도움과 배려가 더없이 빛나는 단어, 완치. 병호와 어머니는 그 단어를 듣고 병원을 나서면서 같지만 다른 눈물을 흘렸다.

"엄마, 감사합니다…. 저 때문에 고생 많이 하셨어요."

"병호야, 엄마 좀 안아줄래? 병호야, 엄마 많이 힘들었어. 네가 다 나으면 너한테 이렇게 말하려고 그동안 힘들어도 이 악물고 참았어. 엄마 있잖아, 죽고 싶은 날도 많았어, 병호야. 너희 아버지 찾아와서 그럴 때마다 다 버리고 도망가고 싶었어. 그런데 엄마는 너랑 병준이 보면서 버텼어. 엄마 없으면 우리 병호가 항암 치료 그 힘든 거 어떻게 버티나. 우리 병호가 구토하고 어지러울 때, 그거 누가 다 치워주고 거들어주겠나…. 참 오래된 일 같아, 병호야, 그치? 병준이랑 골수 맞다고 했을 때, 그때 엄마 마음이 어땠는지, 그날부터 잠을 제대로 잘 수가 없었어. 병준이 그 작고 어린 것이 몸무게가 모자라서 골수이식 못한다고 기다리라는데, 좋은 거 못 먹여서 바로 이식 수술 못 해주는 것도 이 어미 탓 같아서 말이야. 우리 두 아들 엄마가 잘못해서 이리 됐나 싶어서 말이야. 그래서 엄마가 많이 힘들었어…. 지금 병호 너 또래 20대 모르는 학생들 앞에 가서 헌혈증 있으면 좀 나누어줄 수 있느냐고 물을 때도 엄마는 부끄럽지 않았어. 그런데 자기 형 골수 기증해준다고 웃으면서 수술실 들어가는 병준이 자식 보는데 엄마가 얼마나 부끄러웠는지 고개를 들 수가 없었어. 엄마가 대신 못 해줘서, 엄마가 이렇게 너희를 낳아서 말이야."

"아, 엄마, 대체 무슨 말씀이세요. 제가 지금 여기 두 발 딛고 살아 있는 거, 병준이 덕분이에요. 그것도 맞지만 제 두 번째 목숨의 반은 엄마가 주신 거예요. 엄마가 그 와중에 헌혈증 얻어주시고, 방송에 사연 보내서 병원비 받아오시고, 아빠가 그렇게 괴롭히는데 그 속에서 아들 둘 이만큼 키워주신 거, 아무나 할 수 있는 일 아니에요, 엄마. 지금 제 품에서 그동안 맺힌 한 다 푸세요. 그리고 이제 제가 엄마랑 병준이 지킬게요. 앞으로 우리 셋 행복할 일만 남았어요."

병호와 병준 그리고 어머니는 '완치 판정'을 받은 그날에서야 끝이 없어 보이던 터널을 벗어났다. 열여덟의 병준과 스물의 병호 그리고 그 둘이 어릴 때 본 얼굴에서 어쩐지 주름이 늘어난 어머니까지. 오랜만에 셋은 함께 저녁을 먹었다. 한창 공부하고 예민한 시기인데도 병준은 형의 완치가 너무나 기뻤고, 셋의 힘이 모여 만들어낸 기적 같은 일이라 더욱 의미 있는 날로 보내고 싶었다. 병준은 형을 위해 예쁘진 않지만 또박또박 편지를 썼다. 이제껏 연애편지를 받아는 보았어도 써본 적은 없는 병준이 형을 위해 편지를 쓰노라니 지나간 일들이 파노라마처럼 스쳐가며 감회가 새로웠다.

"형, 여전히 내 형이어서 고마워.
나 죽을 때까지 아프지 말고 내 형 해줘. 완치 축하한다."

짧지만 강력한 형제만의 언어라 그 마음이 병호에게 충분히 전달된 편지. 병호는 그 편지를 지갑 속에 네 번을 접어 넣었다. 어릴 때만큼 살가운 형제로 지내지는 않아도 여전히 서로를 향한 형제애가 뜨거움을 느낄 수 있어 둘 다 가슴이 따뜻해졌다. 서로의 마음을 말하지 않아도 알 만한 나이는 지났다고 생각했다. 나이가 들어가면서 우리는 표현하는 것에 인색해진다. 어렸을 때는 부쩍 부모님께도 잘 안겨 사랑한다고 속삭이지만, 성인이 되어서는 '고마워요' '사랑해요'를 입에 내기가 참 어렵다. 병호와 병준, 어머니 셋 모두 그랬다. 너무 힘든 과거를 보낸 탓일지도 모른다. 지난 기억을 애써 떠올리고 싶지 않았을지도 모른다. 하지만 우리는 알아야 한다. 말하지 않으면 모른다는 것을. 사랑해서 해주는 말은 더 예쁘고 듣기 좋게 표현할 수 있다는 것을. 시간이라는 녀석은 속절없이 기다려주지 않는다는 것을 말이다.

그렇게 시간은 훌쩍 흘러 3년이 지나 뜨거운 계절이 되었을 때, 병호는 문득 땅의 열기로 아지랑이가 피어오르던 중학교 운동장이 떠올랐다. 그 장면을 한없이 그리고 또 그려보고, 병준이와 공을 굴리던 해 질 녘을 그렸다. 병호와 병준은 각자 다른 대학에 진학했지만 집에서 통학했다. 얼굴을 자주 볼 수는 없어도 가끔 마주칠 때 안부를 묻곤 했다. 병호는 술을 마시면 지갑을 꺼내 완치 판정을 받은 그날 병준이 써준 편지를 읽고 또 읽는 술버릇이 생겼다. 맥주 한 잔이 주량인데 마시다 병준이 생각나면 꼭 지갑을 꺼내 그 편지를 읽었다. 네 번을 접은 편지는 접힌 자리마다 서서히 벌어졌고 그마다 적힌 글자가 서로 떨어져가고 있었지만, 병호는 병준이 써준 그 두 줄의 문장을 눈으로 읽으며 마음으로 외웠다.

"야, 최병준, 그래, 내가 너 꼬부랑 할아버지 다 돼도 형 노릇할 거니까 인마, 얼굴 좀 보자. 우리 한집에 사는 거 맞냐?"

"갑자기 전화해서 무슨 소리야. 형, 술 마셨어?"

"그래, 한잔했다. 여름 되고 하니까 옛날 생각이 나서 그런다. 너한테 그때 내가 못 한 말이 있었는데 말이야."

"형, 이제 내년이면 10년이다. 나한테 고마우면 나 죽을 때까지 형 하랬잖아. 뭘 또 못 한 말이 남았어요, 형님?"

"에휴, 됐다, 인마. 어디야? 형은 집 앞인데 넌 언제 들어와?"

"나 애들이랑 여기 충주 놀러 왔어."

"인마, 그런 거는 좀 형한테 얘기하고 가라. 너 혹시… 여자친구랑 갔냐?"

"형, 그런 거 아니거든? 나 애들이랑 이제 고기 구워. 끊는다. 어머니한테는 말씀드렸어. 내일 봐."

"그래, 인마, 형이…. 그래, 끊어라."

병호는 그날 취기를 빌려서라도 말하려 했다. 병준은 기억하지 못하는 장면일지라도 작은 손에 미니카를 들고 형이랑 놀겠다며 병문안 왔을 때 '꺼지라고' 소리치며 짜증냈던 그날, 많이 미안했다고, 진심이 아니었다고 전하려 했다. 그날 병준이 지은 멍한 표정이 머리에서 사라지지 않아 병호는 괴로웠다. 병준에게 그것만큼은 이야기해야 조금은 괜찮아질까 싶었다. 병준이 친구들과 여행에서 돌아오면 맥주 한잔하며 이야기하겠다고 또 하루 미루며 잠이 들었다.

"야, 씨발, 최병호, 네가 뭐 잘났냐? 형이면 다냐? 형이라는 게 그렇게 약해빠져서는 동생이 살려줬더니, 농구 한 번 안 끼워주냐?"

"최병준 이 새끼 너 말 버릇이 왜 그 따위야?"

"내가 뭐 인마? 바른 말 아니냐? 네가 형이야?"

잘 마시지 못하는 술에 악몽까지 꾸고 나니 온몸에 식은 땀이 흘렀다. 동생과 싸움의 끝을 볼 수 있었는데, 도대체 누가 이겼는지, 그래서 어떻게 하면 이 죄책감을 덜어낼 수 있는지 알 수 있었는데. 속 시원히 꿈을 다 꾸지 못한 것은 전화 한 통이 병호의 귀 언저리에서 현실로 돌아오는 길을 안내했기 때문이다.

8.

“여보세요. 외삼촌, 어쩐 일이세요?”

“지금 바로 충주중앙병원 장례식장으로 와. 너희 엄마는 따로 출발하셨어.”

“네? 누가 돌아가셨어요? 외할머니 쓰러지셨어요?”

“아냐. 니 동생, 병준이. 끊는다. 서둘러라.”

뇌에 스위치가 있다면 외삼촌의 전화를 받은 순간부터 장례식장에 도착한 순간까지 잠시 뇌를 꺼둔 듯했다. 병호는 아무 감정이 떠오르지 않았다. 믿기지 않아서 믿을 수 없었다. 그래, 병호는 꿈을 뒤이어 하나 더 꾼 걸까? 병호는 바보같이 꿈을 꾸고 혼자서 아무 연고도 없는 장례식장에 도착한 걸까? 아무리 그렇게 믿고 싶어도 눈앞의 영정 사진은 병준이였다. 아니, 이 모든 상황이 꿈속에서 일어나는 일이라면? 병호는 병준의 영정 사진 아래서 엎드려 가슴을 치는 어머니를 보고서야 꿈이 아님을 직시했다.

스물한 살 여름. 병준은 자신에게 다가온 스물한 살의 여름 앞에서 결국 세상을 등졌다. 술에 취한 형의 전화에 기뻐, 친구들이 고기를 구우며 기다리는데도 한참 동안 형의 이야기를 들어준 병준이었다. 형과 전화를 끊고 친구들에게 형 자랑을 했다. 기회가 되면 형과 축구를 한번 하는 것도 좋겠다고, 잘되면 조기축구회를 만드는 것도 좋겠다고 말이다. 병준과 친구들은 그날 바다에 가기로 했다. 시험지가 말해준다. 원래 한 번 쓴 답안은 바꾸지 않는 편이 맞힐 확률이 높다는 것을. 병준은 친구들과 바다에 갔어야 했다. 그들은 전날 비가 와서 불어났을 계곡 생각에 신이 나서 그만 오답을 선택하고 말았다. 계곡과 저수지가 서로 넘나들며 건장한 스물한 살에게 물놀이를 유혹했고, 그 깊은 수심 아래 열어놓은 하수구는 병준을 끌어내리기에 충분한 수압을 가지고 있었다.

병호는 아무 말도 잇지 못했다. 무슨 정신으로 상복을 갈아입었는지, 조문객과 어떻게 맞절을 했는지 생각할 겨를 없이 혼자서 중얼거렸다. "이제야 조금 표현할 수 있을 것 같았는데, 뭐가 그리 바빠서 가버렸냐. 너무 착하게 살아서 너

먼저 데려가나? 아니, 그런데 병준아, 이게 아직 꿈은 아닐까. 나 너한테 꺼지라고 해서 미안했다고, 어린 마음에 상처받지 않았냐고, 너무 미안했다고, 덕분에 내가 살아 있어서 고맙다고 아직 이야기하지 못했는데…. 같이 농구하러 가도 되냐고 했을 때, 부끄러워서 같이 못 가겠다는 표정으로 낄 데 끼라며 다그쳤는데. 나 너한테 너무 미안했다고 이야기하려 했는데. 그거 이 자식 너 오늘 돌아오면 맥주 마시면서 이야기하려 했는데…. 이 자식… 오늘 온다고 했는데… 왜 사진 안에 있냐…. 이야기 좀 해. 제발, 제발 이야기 좀 하자, 병준아."

마치 하늘에서 자신의 소명을 가진 천사가 내려와 병호에게 도와줄 일을 모두 마친 뒤 다시 하늘로 돌아간 것처럼. 그렇게 병준은 천사처럼 떠났다. 그럼에도 불구하고 영정 사진 속 병준은 웃으며 속삭이는 것 같았다. '형, 내가 죽을 때까지 우리 형 해주기로 한 거 기억나지? 형 술만 마시면 이야기하는 내 편지. 오, 최병호 형님, 그 약속 지켰네? 고마워, 내 형이어서 고마워.'

"엄마, 엄마, 미안해요. 제가 죄송해요."

"병호야, 엄마 어떡하니. 엄마가 전생에 너무 큰 죄를 지었나 봐. 병호야, 우리 병준이 불쌍해서 어떡하니…."

"엄마 제가 병준이 골수를 받아서, 우리 병준이가 그래서 힘이 없어서 가버린 것 같아요. 엄마, 나 병준이한테 미안해서 어떡해요."

"병호야, 그렇지 않아. 엄마가 박복해서 그래. 이 엄마가 박복해서, 전생에 죄가 많아서 그래. 그 죄를 왜 다 너희가 받고 있는지…. 엄마가 너무 미안해. 죄가 있다면 엄마가 그 죄를 다 받아야 하는데…. 너희를 다치게 해서 미안해, 엄마가."

"엄마, 병준이가 그렇게 갔는데도 아버지라는 그 인간은 와보지도 않았어요?"

"그 사람 원체 정이라고 있었니…."

"엄마, 이건 정이 아니라…. 아, 아니에요. 이야기해서 뭐 하겠어요…. 엄마, 우리 좀 정리해두고 짧게라도 여행 가요."

"그래, 조금만, 조금만 이따 가자. 우리 병준이 엄마 가슴 속에 담아질 때까지만 기다려줘."

병호의 아버지는 아비 된 자로서 조금의 양심도 의무도 느낄 수 없었던 것일까. 아니면 새로 꾸린 가정에 충실하기 위해 마음이 아프지만 올 수 없었던 것일까. 어떤 이유에서든 아들의 장례식장에 나타나지 않은 그에게 어머니와 병호는 다시 한번 혀를 내둘렀고, 웬만해선 마주치고 싶지 않은 사람이라 앞으로 볼 일이 없기를 기도했다. 병호는 병준이 떠난 자리를 하루하루가 지날수록 더 가까이 체감했다. 집 안에서 병준의 흔적을 정리하며 또 한번 눈물로 동생을 붙잡았다. 병준과 함께 공을 차던 운동장을 지나며 또 눈물이 흘렀고, 병준에게 받은 지갑 속 편지는 절대 다시 펴볼 수 없는 유품이 되어버렸다. 죽을 때까지 자기의 형이 되어달라던 그 말은 유서가 되어버렸고, 그 약속을 병호가 지켜준 셈이어서. 그런 병호 자신이 미웠다. 병호는 못 한 말을 전하고 싶어 꿈에서 늘 병준을 기다렸다. 병준이 문득 꿈에 나타난 날이면, 그렇게 욕을 하고 서로를 헐뜯으며 싸웠다. 아마 병호의 깊은 죄책감 때문일 것이다. 하지만 병호는 꿈에서 만나면 꼭 안아주며 '미안하고 사랑한다.' 이야기해주고 싶었다. 바라고 바라던 어느 날 또 형제는 꿈에서 싸움을 했다.

"네가 그러고도 형이냐? 꺼지라니, 내가 부끄러워서 꺼지라고 그랬냐, 어, 최병호?"

"야, 최병준, 그만 해라. 형한테 할 소리 아니잖아."

"왜? 찔려? 내가 형 아프다고 그동안 얼마나 이해했는데. 술주정뱅이 폭력배 아버지는 집 나갔지, 어머니는 온종일 형 아프다고 따라다니시지. 만날 집에 나 혼자야. 깜깜한 집에 누가 들어올까 무서워서 방마다 문을 다 잠그고 있었어, 알아? 무섭고 배고프고. 생라면 부숴 먹으면서 그래도 몸무게 빨리 늘려서 형한테 골수 주겠다고 그렇게 버텼어. 근데 뭐? 꺼지라고? 낄 데 끼라니."

"병준아, 미안해… 미안해. 형이 너무 미안해."

"참 빨리도 이야기한다."

"말하려고 했는데, 말하고 싶었는데 왜 이렇게 너 살아 있을 때는 입이 안 떨어졌는지. 형이 이렇게 멋이 없다."

"아, 됐어. 뭐 그런 이야기를 해."

"병준아, 형이 많이 미안했어. 그리고 형한테 새로운 삶을 줘서 고마워. 병준아, 형이 많이 사랑해."

"형, 나도 우리 엄마랑 형, 사랑해. 엄마 지켜줘, 알겠지? 나 간다."

“병준아, 최병준!”

병준의 이름을 부르며 잠에서 깬 병호는 병준이 다녀간 그 자리에서 조금도 움직일 수 없었다. 병준의 표정과 목소리를 그대로 곱씹고 기억하려 애썼다. 평상시와 똑같이 싸우는 꿈이었지만 그래도 가족을 사랑한다고 이야기해주는 병준이 너무도 고마웠다. 2017년 병준이 세상을 떠난 지 어느덧 10년이 되었다. 병호의 어머니는 작은 피자 가게를 하며 생계를 이어가고, 병호는 운동처방사가 되어 잃기 전에 소중한 건강을 지키라고 일깨우는 데 더 힘을 쓰며 지낸다. 시간은 가혹하게도 속절없이 흘러버린다. 우리는 떠난 사람을 서서히 잊어가고, 자기 자신의 삶에 치여 돌아보지 못할 때가 오면 가끔 떠올려보는 그 사람의 얼굴에 눈물을 짓기도, 위로를 받기도 한다. 병준은 여전히 병호의 꿈속에 가끔 나타나 심한 말을 하고 싸우지만, 이제는 그것이 병호 스스로가 만들어내는 꿈이란 것을 잘 안다.

시간이 오래 지나도 병준을 잊지 않기 위해. 꿈으로 불러 나는 여전히 너의 형이라고 보여주기 위해. 어머니랑 형은 잘 지내고 있으니 걱정 마라 이야기하기 위해. 형이 너를 많이 사랑한다고, 우리 여전히 사랑하자고 이야기하기 위해. 사랑한다고, 사랑하자고.

에필로그

인생을 살면서 당신에게 가장 중요한 단어가 무엇이냐고 물으면 저는 '경험치'라고 답합니다. 글을 쓰는 사람에게는 더없이 중요한 단어가 아닐까 합니다. 아는 만큼 보이고 겪은 만큼 성장한다는 말의 깊이를 나날이 피부로 느낍니다. 글은 작가가 겪은 총체적 경험들이 저마다 맞는 옷을 갖춰 입고 대지에서 춤추는 모습과도 같습니다. 그래서 글을 쓰는 사람은 더 많이 보고 겪으며 다양한 감정 앞에 무너지기도, 뜬구름을 타고 날아다니기도 해야겠지요.

제가 겪은 일 가운데 '편애'라는 감정에 많은 관심을 두었습니다. 어렸을 때 할머니는 유독 남동생을 편애하셔서 고기 반찬은 늘 제가 닿기 어려운 자리에만 있었어요. 그때는 제가 편애받지 못한 쪽이어서 나쁘게만 보였던 그 단어가 한 번쯤 제가 편애의 대상이 되어보니 그렇게 설레는 단어일 수 없었던 겁니다. 이렇듯 나쁘게만 보던 것들을 뒤집었을 때 우리의 사고는 한층 더 넓어집니다. 애니메이션

〈아기 공룡 둘리〉의 고길동이 불쌍해 보이면 나이 든 거라는 우스갯소리가 참 공감이 됩니다. 드라마의 악역 편에 서서 한번쯤 그의 입장을 생각해보는 것도 같은 이치겠지요.

제가 이 책에서 편애를 다룬 대상은 제주, 가족, 여유로운 시간, 언제 떠날지 모르는 우리의 사랑입니다. 편애하는 이야기에 등장하는 두 형제의 이야기가 시사하는 바도 그와 같습니다. 떠나고 나서야 느끼는 소중함을 후회 속에 묻어두지 말았으면 좋겠습니다. 곁에 있을 때 한 번 더 쳐다보고 미소 지을 수 있으면 좋겠습니다. 그리고 사랑한다고 속삭일 수 있다면 더 좋겠습니다. 편애하는 마음을 담아 이 글을 마무리합니다.

손현녕

『순간의 나와 영원의 당신』 그리고 『나를 더 사랑해야 한다 당신을 덜 사랑해야 한다』를 썼습니다. 가끔은 죽고 싶은 하루를 보내고, 가끔은 미치게 살고 싶은 하루를 보냅니다. 진심은 언젠가 통하고, 사랑은 이 세상 현존하는 최고의 가치라 믿으며 삽니다.

syddl1109@naver.com

@momentary_me

청춘문고 022

나는 당신을 편애합니다

2019년 4월 3일　1판 1쇄 발행
2025년 1월 10일　1판 8쇄 발행

지 은 이　손현녕
발 행 인　이상영
편 집 장　서상민
책임 편집　이상영
교정, 교열　노경수
디 자 인　서상민, 오진희
마 케 팅　박진솔
펴 낸 곳　디자인이음
등 록 일　2009년 2월 4일：제300-2009-10호
주　　소　서울시 종로구 자하문로 24길 24
전　　화　02-723-2556
메　　일　designeum11@gmail.com
blog.naver.com/designeum
instagram.com/design_eum

*잘못된 책은 바꾸어드립니다.